静かな夏　目次

静かな夏

エヴァモア

一

ここ一、二年、ふとした拍子に、頭のどこか深く遠いところで、ある旋律が微《かす》かに鳴り響く。

天地にあまねき　真理を求めて
青春四方に　相寄るところ
ひとしく希望の　ひとみをあぐれば
山あり海あり　河あり野あり
踏みゆく自由の道ひろし……

母校、I大学の校歌である。意外であった。そもそもこの校歌を、覚えていること自体が不思議なのである。大学野球の応援などで高らかに歌われる有名私立大学の校歌などとは違って、ありふれた地方大学の校歌は、入学式や卒業式などの特別な機会を除き、ほとんど歌われることがない。この校歌にしても、実際に歌ったのは、ほんの数回に過ぎまい。にもかかわらず、卒業して三十年以上たった今になって、心の奥底から湧いてくる。

小、中、高、大学と、四つの校歌を習った。幼稚園と予備校には、校歌（園歌？）があったかどうかも定かでない。そのうち今でも歌えるのは三つで、中学の校歌は、忘れてしまった。六年間、何百回と歌ったであろう小学校の校歌は、今の職場が母校の隣で、学校のチャイムがよく聞こえてくることもあり、今でも歌うことができる。三年間、これも相当の回数歌ったはずの中学の校歌は、なぜか思い出せない。伝統を誇る高校の校歌は、日本一長いといわれる文語調の難解な校歌で、入学時に先輩たちに、いやというほど叩きこまれた。

それにひきかえ大学の校歌は、である。そもそもI大学の卒業生で、あの校歌を歌えた同窓生が、どれだけいただろうか。管理された高校時代まで（僕の高校の生徒管理は、まことにいい加減なものだったが）と違って、ほぼ完全に自由な大学生にとって、校歌など、どうでもよかったのだ。歌う必要性を感じることもなく、相当数の学生は、校歌の存在すら知らなかったに違いない。

だが僕は、この校歌を確かに何度か歌った。同級の女子学生であった中岡さんが、校歌くらい歌えないといけないからと、同級生たちを集めて歌唱指導をしてくれたように覚えている。

親の監督からはじめて離れ、教師たちの管理からも自由になっていた僕たちは、いわば精神的な無政府状態にあったといってよい。権威を認めない学問の自由。何ものにも束縛されない生活そのものの気楽さ……。自分たちを規制するあらゆるものから、少なくとも意識の上では自由になっていた僕たちにとって、校歌は、ほとんど価値を持たなかったのだ。

だから本当は、校歌など習う気持ちはさらさらなかったのだ。だから中岡さんが校歌を覚えようといったとき、僕たちは戸惑った。何をいまさら、という気分であった。だが僕たちをしてその提案を拒絶せしめなかったのは、中岡さんの何を疑うこともない素朴なまじめさ、当たり前のようなごく自然な笑顔だったろうと思う。

そんな校歌が、三十年以上たった今、僕の魂の奥底で鳴り響く。いったいそれは、なぜであろうか。

二

初めてI大学の前に立ったのは、昭和五十三年の三月であったろうと思う。I大学の入学試験に合格した僕は、入学の準備のため、母とともに水戸の駅に降り立ち、不案内な水戸の街を、バスでI大学へ向かった。三月特有の、はっきりしない曇天の日であった。僕は緊張感を失ったどんよりとした眼で、はじめてみる水戸の街並みを見つめていた。

二十分ほど乗ったところで、バスは右に折れた。すると、正面二百メートルほどのところに、靄《もや》にかすむI大学の正門が見えた。戦前につくられた古い大学と異なり、装飾のない鉄筋コンクリートの味気ない建物であった。正門前の、左翼学生が立てかけたと思われる看板に、ありふれた政治的スローガンが、素人が書いたにしては手馴れた字体で書かれている。その冬、内ゲバで学生数人が殺されるといった事件が、I大学でもあったばかりであった。

大学の学生部で下宿を斡旋《あっせん》してもらい、何軒かの物件をまわり、大学のテニスコート近くの二階の四畳半に決めた。その後新入生向けの家具を安売りしている店やデパートで、照明器具やカーテン、机やいすなどを買い求め、僕は新たな下宿に納まった。

部屋を照らす照明の傘も、四畳半に敷きつめたカーペットも、本箱用に買い求めたカラーボックスも緑色で、東面する窓のカーテンだけが、白地に茶のチェック模様であった。真新しい生活用品でうずめられた小さな部屋は、がらんとして虚ろだったが、未知の希望に満ちていた。母を送り、独りになった下宿の部屋で、ラジカセで映画音楽を聴きながら、最初の夜を過ごした。

三

この大学に入るまでの高校・予備校の四年間は、本当にひどいものであった。

中学を出て、地元の進学校に入学した僕は、そこで小学校の同級生たちと、三年ぶりで再会した。小学校時代に市街地から郊外に転居していた僕は、小学校の友達とは離れ、一人郊外の中学に進んでいたのだ。

小学校の頃の僕は、友達と野球やスケートに明け暮れ、勉強も好きな、友達を笑わせてばかりいるこどもであった。したがってクラスでは人気者だったが、運動でも勉強でも僕より優秀な友達はいて、けっして特別抜きんでた存在ではなかったと思う。

中学に入っても、最初のうちは同様だったが、学年が進むにつれ、勉強も運動も予想以上に成績が伸び、卒業する頃には、すっかりクラスのリーダー的な存在になっていた。

高校で小学校時代の友達と顔をあわせたとき、僕は困惑した。友達の中での自分の立ち位置が、わからないのである。僕はただ人がいいだけの、小学校時代の僕ではない。だが小学校時代の友達たちは、中学に進んでからの僕を知らない。

あわせていけなかったのは、その高校伝統の、新入生歓迎会や「試肝会」であった。僕の高校では、新入生が入学してくると、それらの行事で新入生を徹底的に「いじめる」のが恒例であった。

まず、暗い森の中で、僕たちは一人ずつ先輩たちの前に正座させられ、自分が入学した高校の名前をいわされる。

「○○県立　××高校です」

「馬鹿！　そうじゃない！　もう一度いってみろ」

「○○県立　××高等学校です！」

「馬鹿野郎！　お前は自分が入学した高校の名前もいえないのか！　もう一度いってみろ」

「……」

正解は、「○○県　××高等学校」なのだが、中学まで「△△市立　□□小（中）学校」という呼称に慣れている僕たちは、なかなかそれに気づくことができない。罵声を浴び、わけがわからず、縮こまるばかりであった。

それを手はじめに、木に抱きついて蟬《せみ》が鳴く真似をさせたり、白昼女装させ、繁華街を卑猥《ひわい》な言葉を叫びながら走らせたりといった、いわば集団的ないじめであった。

荒くれた育ちのこどもだったら、そうしたことにもさほど驚かなかったのかもしれない。しかし僕たちの大半は、どちらかといえば恵まれた家庭で大事に育てられ、中学まで教師たちにも一目置かれてきた、優等生であった。そうした扱いを受けること自体、まったく想像すらできなかったのである。

「浅薄なエリート意識を払拭するため」というのが、そうした伝統の目的だったようだが、その目的が果たされたというより、僕たちは混乱した。「僕たち」というのは、不正確かもしれない。実際には、そうした経験をさほど大きな抵抗もなく受け入れることができた者もいたのである。

しかし僕は、完全に混乱した。自分が安住してきた価値観が、すっかり揺らいでしまったといってよい。

そんなわけで、僕は高校生活の入り口から、何か不安な、強張った心を抱えることになった。こうすればいい、ああすればいいという方向性が、わからなくなってしまったのである。

考える時間が、必要であった。落ち着いて自分自身を見つめなおす時間が、必要であった。しかし学校は、僕たちを立ち止まらせてはくれなかった。

進学校というものは、よりよい大学へ進学することが、至上命令である。入学当初、最初の英語の授業に臨んだ僕は、所詮オリエンテーション程度にすぎまいと、高をくくっていた。しかし、冒頭のわずかな導入をへて、教師はいきなりある生徒を指名し、教科書の和訳を命じた。ひやりとした。合格発表後の気楽な気分が続いていた僕は、予習などしていない。中学までと違って、高校の教科書は、予習なしでいきなり訳せるほど甘くはない。

教室の中に、緊張が走った。クラス中の視線を一身に浴びて、ややぎこちなく立ち上がった生徒は、しかし、何とか訳し終えたのである。その後あてられた生徒たちも、皆それなりに答えていった。

「みんな予習してあるんだ……」

中学だったら、端から立たされていただろう。だが当然のことながら、中学では立たされることなどなかった生徒たちが、ここには集まってきているのだ。暢気《のんき》なことなど、いってられない。ここでは、気を許せばたちまち置いていかれるのだ。

数学の授業では、猛スピードで授業が進められた。教師が暗算をしながら進める計算に、ついていくのも楽ではない。おそらく、ついていかれない生徒の方が、多かっただろう。だが教師は、手を緩めようとしない。理解できない生徒に、歩み寄ろうとはしない。教師が相手にしているのは、学校が期待する大学に入学するであろう上位二割ないし三割の生徒たちなのだ。そして教師は、次から次へと情け容赦なく生徒たちを指名してゆく。

そういった授業についていくためには、毎日少なくとも二時間の予習が必要であった。中間試験や期末試験前には、それに加えて、試験に向けた勉強が必要になる。限られた期間なら、その程度の勉強も困難ではあるまい。しかし、このサイクルが、高校の三年間、休むことなく続くのである。夏休みや冬休みにも、毎日相当な時間勉強しなければならないであろう膨大な課題があてがわれ、休み明けには、それらを消化したかどうかを確かめるため、試験が行われた。

要するに、迷ったり考えたりしている暇は、ないのである。余計なことにとらわれず、とにかく学校が用意した質・量の学習をこなすこと。それについていけば、自ずと一流大学への道が開かれる。

入学直後から、この振るい落としがはじまる。生徒の階層分化は、あっという間である。学校の期待に完全にコミットするのは、全体の一割弱。続く二割の生徒は、ほぼコミットしてはいるが、科目による弱点などを抱え、不安定で、流動的である。成績が同レベルの生徒が集まっているため、特定の得点層の生徒の密度が高く、数点違えば、学年順位は大きく入れかわる。それ以下の生徒は、それぞれにもがいてはいるが、つまるところ「上には上がいる」のである。各々の限界は、どうにも越えることができない。そして最下層である全体の三割の生徒は、早々に競争を諦める。まったくついていくことができない。部活やパチンコ、マージャンなど、勉強以外の世界に自分の居場所を求めてゆく。

僕は、第二階層にいたといっていいだろう。絶対的な学力で、余裕をもって上位をキープすることはできない。しかし、コンスタントな努力を続ければ、それなりの位置は確保できる。そんな階層であった。

だが、どこか不安を抱えていた僕は、コンスタントに勉強し続けることができなかった。集中的に勉強しても、三ヶ月が限度であった。なぜだかわからない。

考えてみれば、そもそもこの学校に入る前から、僕はどこかぼんやりしていたように思う。入学式前に、父と撮った写真がある。進学校に合格し、新たな高校生活を前に希望に満ちていたはずの僕は、春の陽光の下、背広姿でこれもどこか誇らしげに微笑む父の傍らで、何か緊張感を欠いて立っている。そこに漠然とした緩みがあったことを、僕ははっきりと思い出す。

高校に入って何をやりたいという、目標がなかった。中学を優秀な成績で卒業し、周囲の期待を一身に集めていたはずの僕は、しかし、どこの大学にいきたいとか、どういう分野に進みたいとか、そういう将来像がなかった。

将来像。そもそも僕に、将来の夢はあったのだろうか。一度だけ、何になるという将来像を語ったことがある。それは、小学校に入る前か、小学生だったとしても、低学年の頃のことだったと思う。

絵が得意だった父は、家が貧しかったため、上級学校に進むことができず、高等小学校を終えると、特技を生かすため、看板店に修業に出された。そこで看板製作の基礎を身につけ、書を学び、絵を趣味とした父は、やがて看板職人として自立し、家庭をもって、僕たち三人のこどもが生まれた。その間、戦争に行き、復員し、最初の結婚をし、その結婚に破れ、母と再婚しと、長い歳月が流れていたことだろう。看板職人にはなったものの、絵を描く夢を捨てきれず、長い間絵を描き続けていた。

こどもたちが生まれた頃は、父は画家になる夢を諦め、看板職人として家族を養うことに専念していた。しかし、こどもたちも絵が好きなことに気づくと、父はこどもたちに、思う存分絵を描かせた。何も高級な絵を描かせたわけではない。昭和三十年代のこと、日本はまだ貧しく、一看板職人がこどもに立派な画材を買い与えることなど、まだまだ思いもよらない時代である。

「狭いながらも楽しい我が家」よろしく、商店街に面する貸家の二階を間借りしていた父は、居間にしていた六畳の壁一面に、大きな黒板をかけた。裸電球の下で卓袱台《ちゃぶだい》を囲んで食事もするその部屋で、僕たち三人姉弟は、黒板に絵を描いては消し、消しては描きを繰りかえした。

小学校に入った頃、僕の取り柄といえば、絵を描くことであった。何とはなしに描いた牛の絵が、思いもよらずコンクールに入賞した。友達は、僕の描く鉄人28号の周りに群がり、あれこれ論評しあったものだ。

そんな僕はある日、父に向かって、

「大人になったら、芸大にいって看板屋になる」と宣言したのである。本当にそう思っていたのではない。そういえば、父が喜んでくれると思ったのだ。

しかし幼い日のその言葉は、僕が成長するにしたがって、どこかに忘れ去られていった。中学に入って、知らず知らずのうちに成績が伸びていた頃、ある友達が僕にいった。

「まっちゃんは、S高校に行くかもしれねえ」

S高校、それは地元で一番の進学校であった。友達がいったその言葉を、僕は他人事のように聞いた。S高校という存在自体、僕の脳裏に、ほとんど位置を占めていなかったのだ。成績がいい子はS高校にいくという認識自体が、僕にはなかった。別にS高校に行くために勉強していたわけではない。ただそれなりに勉強し、テストでいい点が取れれば、面白かった。それだけのことである。

またあるとき、別の友達はいった。

「まっちゃんは、法学部に行くかもしれねえ」

これもまた、他人事であった。法学部にいくということに、その友達がどういう意味をこめていたのか、当時の僕には、まったくわからなかった。

要するに、中学も一、二年の頃の僕には、「いい」高校にいこうという、意志さえもなかったのだ。しかし、三年になった頃には、いつの間にかS高校にいくことが、既定路線となっていた。なぜS高校にいくのか、そんなことはまったく考えていない。ただ、成績がいい子がいく学校だから、いくのである。

だからS高校に受かったとき、僕にはその先がなかったといっていい。ただそのことだけでも、僕はS高校での生活に困惑してしかるべきだったと思う。それに加えて、小学校時代の同級生たちに対する、なんとも居心地の悪い戸惑い。新入生歓迎会等で打ち砕かれた、安定した世界観。

そんな十六歳の青年の胸の内とはかかわりなく、怒濤《どとう》のような競争が、僕の周りには繰りひろげられていた。「いい高校」に入ったら、次は「いい大学」に入らねばならない。それは、「いい高校」に入った者たちの宿命であり、それ以外に、選択肢はなかった。

僕はそうした競争の中で、浮き沈みを繰りかえしていた。やればそれなりの結果は出た。だが、続かない。しかし自分の実力以下の地位に甘んずることは、中学で身につけたプライドが許さない。自分で自分に、腹を立てていた。

僕は苛立っていた。その苛立ちを、ぶつける場がなかった。自分がどうしたらいいのか、わからない。何か手がかりになるものはないかと、いくつかの本を手にとってみても、頼りになりそうなものはなかった。テレビや新聞は、ただその場しのぎの表面的な報道に、明け暮れていた。

教師たちも、「いい大学」に入るという価値以外の目標を、生徒たちに語ることはなかったように思う。S高校の名物教師といわれ、激しい練習で勉強をする時間もゆとりもなかった端艇部の顧問であり、最も人間味のある教師であった横山先生さえ、授業の余談で我々の先輩の

ことを語った後、

「彼は○○大学にいきました」

といって、最敬礼してみせた。

そんな中で、唯一明確に受験以外の価値を示してくれたのは、世界史の高田先生だったろう。自身大変な読書家であった高田先生は、授業中よく本のことを話題とし、「高校生が読むべき百冊」というようなプリントを配ってくれた。ギリシア・ローマ古典から現代作家まで網羅されたそのプリントは、何か新しい世界を開示してくれる扉のようにみえたものだ。しかし、扉の向こう側にいくには、そこに紹介された古今の名著を紐解《ひもと》かねばならない。だが、酸素不足にあえぐ僕たちには、そんな余裕がない。実際、それらの本の一冊でも開いてみたという友達は、僕の周りにはまったくいなかった。

四

あの頃は、どんな時代だったのだろう。僕が物心ついた頃には、白黒テレビがあった。僕は「ポパイ」とか、「鉄腕アトム」、「鉄人28号」などのアニメをみて育った。小学校に上がる前の年には、東京オリンピックがあった。だが、オリンピックの記憶は、あまりない。五歳の幼児には、テレビのオリンピックの映像をそれと理解することなど、できなかったに違いない。ただ、今から思えば、オリンピックの前後で、何かが変わっていったような気がする。

三歳になる頃までの写真はモノクロで、どこか懐かしさに満ちている。そこで僕は、時に汚れたような顔をして、綿入れのようなものを着て写っている。

家の前の通りで、向かいの八百屋の同年の女の子と撮った写真がある。朝起きたばかりなのだろう、二人とも寝癖がついたような頭で、寝巻きを着て古びた黒い自転車の上に並んで座っている。女の子は、何かむずかるように、体を深く折り曲げている。

その八百屋の、木箱の上に野菜が並ぶ、裸電球がつるされたほの暗い店先。そこで働く、色の白いおじさんとおばさん。

うちの右側の斜め向かいには、小さな駄菓子屋があって、様々な煎餅《せんべい》や飴《あめ》が、ブリキの蓋つきの瓶に入って並べられていた。十円玉を握り締めた僕が走りこんで、それらの菓子の瓶を、さながら宝石箱のようにまぶしく眺めていると、奥から出てきた店のおばさんが、にこやかに上からのぞいていた。

左側の斜め向かいには、豆腐屋があって、狭く暗い店内の水槽に、ほの白い豆腐が浮かんでいた。

道を隔てた右隣は大きな酒屋で、寡黙な男たちが、ビールや酒の瓶が入った箱を、ガラガラと音を立てて台車で運んでいた。

幼児だった僕の行動範囲は、この商店街の、家を中心とした半径百メートルくらいの範囲に限られていたように思う。この範囲に、そのほか文房具屋、煙草屋、肉屋、呉服屋、玩具屋、糸屋、質屋、薬屋などが並び、裏の小路沿いには、川魚屋、焼芋屋なども あった。

間借りしていた仕舞屋《しもたや》の一階には、小山田さんという六十歳くらいの未亡人が住んでいた。僕たちが住んでいた二階とは、階段でつながっていて、僕たちはこのおばさんの部屋の前を通って、二階に上がるのである。僕たち家族は、このおばさんを「小山田のおばさん」と呼んでいた。まったく赤の他人なのに、家族同様であった。僕たち姉弟は、二階で親に怒られると、しばしば下の小山田のおばさんのところに転がりこみ、時にはおばさんの布団の中で眠った。

一人息子が上京して大きな放送局に就職していたおばさんは、さびしかったのだろう、僕たちを実の孫のようにかわいがってくれた。僕たちは、それが当然のように甘えた。両親も、それをとりたててとがめるでもなかった。おばさんは出がらしのお茶を飲み、漬物を食べながら、いつまでも母と世間話をしていた。

そのころ家を訪れた何人かの父の知人、友人は、何か忘れられない人々である。小川さんは建具屋で、看板屋の父の仕事をよく手伝っていた。家から歩いて十分ほどのところにある廃屋のような古い建物の二階が、小川さんの仕事場だった。そこには各種の材木や木っ端が雑然と置かれ、香ばしい鉋屑《かんなくず》が散らばっていたが、小川さんの手からつくりだされる建具その他の品々の精巧な仕上がりは、幼い僕を驚かせたものだ。看板屋であった父の仕事振りも僕を驚かせたが、あの頃の職人の技というものは、こどもにとって、驚異そのものであった。

小川さんは、なぜか僕の父を非常に慕っていて、父のことを「親父」と呼び、僕のことを

「ぼく」と呼んで、単車で毎日のように家にきて、母とお茶を飲みながら安い煙草をふかしていた。ひげ面で、いつも作業服を着ていた。

父の別の友人である松木さんは、元憲兵だったということだが、僕が会った頃には、憲兵らしいいかめしさなどとは、まったく無縁な感じであった。鼻が高く、頬はこけ、なんだかごつごつとした面貌で、無口な人であった。松木さんは、自転車の荷台に昆布を積んで売り歩いていて、時として北海道に、昆布の買いつけに行っていた。父は、少しばかりの昆布を売るのに、金をかけて北海道まで行って、あれで元が取れるのかと、しきりに訝《いぶか》っていた。本当に自転車で昆布を売るだけで、女房こどもをよく養っていたものだ。松木さんの自転車の荷台の昆布を入れる箱には、父が描いた北海道をかたどった図柄が描かれていた。

何を商売にしているのかわからない元陸軍士官だったという千野《ちの》さんも、よく父のところに遊びにきた。小太りで多弁で、黄色い歯を見せて豪快に笑う人だった。歌謡教室などを開いている、まったくの遊び人だったが、酒好きながら謹厳な父と、なぜか馬が合うようだった。千野さんは父のことを、

「松永は貧しい育ちで、遊びも知らなくてな」

と評していたが、その口調には、嘲笑も軽蔑もなく、どこか親愛な響きがあった。

こうした父の知人、友人たちに限らない。僕の家の近所の大人たちも、みんなとても人間臭かった。生活と、汗の匂いがした。スマートな人間など、ひとりもいなかったといっていい。

僕が十歳頃に出会った最初のスマートな人間は、建設業で成功したという大林さんであった。大林さんは、元々は大工だったはずだが、その頃は社長としてすばらしい高級スーツを着こなし、実に颯爽《さっそう》としたものであった。

東京オリンピックの後何がどう変わったのかは、実のところよくわからない。オリンピックの前後で何かが急に変わったということではなく、オリンピックをはさむ数年のうちに、いろいろなものが徐々に変わっていったという方が、正しいのかもしれない。

東京オリンピックの前から、白黒テレビと洗濯機は出回っていたと思う。車はまだ少なかった。父も小川さんも、単車で走り回り、松木さんは、自転車で商売をしていた。職場が遠い勤め人の多くは、電車やバスで通勤し、朝夕の通勤時間帯は、駅に向かう道を多くの人々が行き交い、夕方には、小路に面した赤提灯《あかちょうちん》で、煙草の煙の中で客が鈴なりになって酒を飲んでいた。

僕が小学校にいる間に、白黒テレビがカラーテレビになり、冷蔵庫が各家庭に入るようになっていった。友達の家にカラーテレビが入ったと聞くと、僕たちはこぞって見にいった。白黒画面をみなれていた僕たちは、「総天然色」の画面に歓声を上げたものだ。家に冷蔵庫が入った日には、学校が終わると、走って帰った。カラーテレビも冷蔵庫も、輝くばかりにまぶしくみえた。

中学にあがる前後には、学生運動が激化した。ヘルメットをかぶり、角材をもった学生たちが、様々な事件をひき起こした。大学の講堂に立てこもった学生たちに機動隊が放水を浴びせるテレビの画面に、父は世も末のように見入っていた。

警察に、政治権力に敢然と立ち向かう学生たちの姿は、思春期を迎えようとするこどもたちには、どこかかっこよくみえた。マルクスだレーニンだ毛沢東だという彼らの思想はよくわからなかったが、英雄的な正義の行為のようにもみえた。

しかし、僕が中学に入った頃から、彼らの運動は迷走してゆく。権力と政治体制に対する聖戦《ジハード》であったはずの闘いは、いつの間にか仲間内のセクト闘争に堕してゆき、やがてそれは、凄惨な内ゲバへと変質していく。かつての六〇年安保のように、学生と労働者が一体となって進められていた社会主義運動は、知らず知らずのうちに学生と労働者が分断され、実社会と生活の基盤から遊離した学生たちは、観念の迷宮に入りこんでしまったのだ。

そうした喧騒の陰に隠れて、三島由紀夫の陰惨な事件があった。自衛隊の市谷駐屯地に乱入した三島ら「楯の会」のメンバーは、自衛官たちを前に勇ましく檄《げき》を飛ばした後、割腹自殺したのだ。その異様な行為は、新聞やテレビでセンセーショナルに報道されたが、そこにこめられた意図、三島たちの思想は、僕にはまったく理解できなかった。当時の日本の社会全体が、ただ忌まわしいものとして、あの事件から眼をそらしていたように思う。

そんな社会全体の政治的なムードとは別に、日本は確実に豊かになっていった。戦後の貧困の影はいつの間にか遠のき、高度成長軌道に乗った日本企業は世界を席巻し、それとともに日本の光景も、一変していったように思う。東京には高層ビルが建ちはじめ、生活の貧しさや人生の悲哀を歌う演歌にかわって、自由を謳歌するフォークソングが流行りはじめていた。そんな時代の変わり目に、僕は高校に入ったといっていいだろう。

五

いい大学に入るという価値以外の価値を見つけられないまま、そのくせ受験勉強に集中もできず、いたずらに浮沈を繰りかえしていた僕は、徐々に頽廃《たいはい》を深めていった。クラスマッチの駅伝で区間優勝すると、やはり僕は運動をしようと、陸上部に入ってみたが、その陸上部は練習をまったくしない幽霊部で、何をするということもなく、部室でだらだらと過ごすだけだった。挙句のはてに、陸上でずば抜けた実績を残した後輩が入学してくると、その後輩に負けるのが嫌で、陸上部をやめた。

学友会長だった先輩が後継者選びに困り、僕に話を持ちかけると、ただ自分のいきづまりを打開するために引き受けた。本当の内容はないくせに、レトリックだけは達者な僕の演説に感動した友人たちが、副会長などに立候補してくれたが、所詮真の情熱があったわけではない僕が、彼らの期待にこたえられるはずもなく、最終的には友人たちの信頼を裏切ることになった。

鬱々とした気分をそらすように、下級生の女の子に声をかけ、半年ほどつきあってみたが、誠実さを欠いた僕が、真摯な恋愛などできるわけもなかった。

そんな中でも、希望がまったくなかったわけではない。僕は頽廃の泥沼にあって、何か自分を再生させる手がかりはないかと模索していたが、こうすればいいという、僕自身の未来像を指し示してくれるものには、なかなか出会わなかった。そうした中で微かな光明になったのが、倫理・社会の授業であり、何冊かの本であった。

倫理・社会の先生は、完全に学究肌の風変わりな先生で、受験に向けた進学校の教師というより、世間離れした大学の哲学の教授といった方がふさわしい人であった。教室に入ってくると、頭から抜けるような甲高い口調で、いきなり「ヘーゲルは……」と切り出し、生徒の顔など一顧だにすることもなく、黒板に向かうような人であった。

壮大で難解なヘーゲルはよくわからなかったが、デカルトやカント、ルソーといった近代の哲学者・思想家の名前は、僕の心を魅了した。僕は授業とは関係なく、教科書や資料集で哲学史を貪り読んだ。しかし、教科書は所詮教科書にすぎず、彼らの思想の表面を、通り一遍になぞるだけであり、僕の魂に直接触れることは、ついになかったといっていい。

本当の意味で感触が得られたのは、数学の先生が授業の余談で教えてくれた、デカルトの『方法序説』であった。

この先生は、受験数学の権化のような先生で、優秀な生徒しかついていけないようなハイレベルな授業を、猛スピードで展開した人である。授業の密度はきわめて高く、余談などにはほとんど立ち入ることがなかった先生が、あるとき『方法序説』に触れ、

「これは、単なる数学者の書いたものではない。哲学であり、人生論だ」

といった。僕は岩波文庫で『方法序説』を買い求め、そのページをめくった。この本は、次のような一節からはじまる。

良識はこの世のものでもっとも公平に配分されている。なぜというに、だれにしてもこれを十分にそなえているつもりであるし、ひどく気むずかしく、他のいかなる事にも満足せぬ人人《ママ》さえ、すでに持っている以上にこれを持とうとは思わぬのが一般である。このことで人々がみなまちがっているというのはほんとうらしくない。このことはかえって適切にも、良識あるいは理性とよばれ、真実と虚偽とを見分けて正しく判断する力が、人人すべて生まれながら平等であることを証明する。そこでまたこのことが、私どもの意見の多様なのはある者が他の者よりよけいに理性を具えたところからくるのではなく、私どもが思想を色色とちがった道でみちびくところから、同じような事を考えるわけでもないところからくるのである。そもそもよき精神を持つだけではまだ不完全なのであって、良き精神を正しく働かせることが大切である。きわめて偉大な人人には最大の不徳をも最大の徳として全く同様に行いうる力がある。また、ごくゆっくりでなければ歩かぬ人でも、つねに正しい道をたどるならば、駆けあるく人や正しい道から遠ざかる人よりも、はるかによく前進しうるのである。

(デカルト『方法序説』落合太郎訳、昭和二八年、岩波書店)

眼から鱗が落ちる思いであった。癖や偏倚《へんい》のない、澄んで余裕のある文章。当時僕の周囲にあふれていた、ペダンティックでありながら真の落ち着きや深みを欠いた言説とは、まったく違っていた。

「これだ」と僕は思った。まさに暗闇にさす一筋の光明であった。だがその光は弱く微かで、しっかりと握って手繰りよせる時間もない。

もう一冊は、ドストエフスキーの『罪と罰』である。観念の泥沼にはまり、善悪の規準を踏み越えたラスコーリニコフの殺人にはじまるこの物語は、その後のラスコーリニコフの魂の地獄めぐりをへて、一人の娼婦により宗教的救済に至る。そこにある妥協のない精神の格闘。そこに僕は、僕の暮らす時代の弛緩とは隔絶した、崇高な精神の世界を見出した。

勉強の方は、浮沈を繰りかえすうちにまったく手につかなくなっていった。しばらく勉強して結果が出たときはいいが、そのあとの暴落を繰りかえすうちに、粘り強く努力する気持ちも萎えていった。大学受験が目前となった三年次には、ほとんどまともに勉強した記憶がない。志望校は、鎌倉に住む女友達にどこの大学がかっこいいか聞いて、彼女が挙げたH大学の法学部に決めた。H大学は、国立の中でも最難関の大学である。H大学に入るには、僕にとって最高の努力が必要だったろう。だが、必要とされる努力など、及ぶべくもない。それでいて僕は、志望校を下げようとはしなかった。それは、中学以来の僕の「プライド」が許さなかった。

それでも最後には、三週間ほど猛烈に勉強して、滑り止めのK大学に合格した。私立としては難関校で、誰もが入学をすすめた。だが、わずかな勉強で合格できたということが、また気に入らなかった。あれだけの勉強でこの大学には入れるなら、まともに勉強すればH大学も夢ではあるまいと思われた。微かに迷い逡巡しているうちに、K大学の入学手続きの期限は過ぎ去った。

浪人が決まった当初、僕は浪人するなら自宅でと思っていた。受験勉強の最後に三週間集中して勉強できたことが、自信になっていた。あのリズムでやればきっと大丈夫、そんな気持ちがあった。

しかし母は、なぜか宅浪を許さなかったのである。どうしても予備校にいけといって譲らず、僕は渋々東京の予備校に入学の手続きをした。

六

一九七七年の東京。幼い頃から何度か上京していたが、落ち着いて眺めたことがない都市《まち》であった。というより、こどもがその全体像をつかむには、あまりにも巨大な都市であった。

予備校は、この都市の中心のひとつである、新宿の高田馬場にあった。僕は小平にあるこの予備校の寮に入り、西武新宿線で小一時間かけて、この予備校に通った。

予備校の「入学試験」(予備校にも、「入学試験」らしきものがあった)の問題は、何となく無味乾燥で、スケールの小さな問題だったような気がする。勝手が違って、あまりいい点は取れなかったように思う。

校舎は、高田馬場の裏町の四、五階建てくらいのビルで、学生が増加して本校舎ビルだけでは足りず、周辺のビルの会議室のいくつかも間借りする、蛸足《たこあし》のような予備校であった。

イギリスの名門大学の制度を借りて、「チューター制度」を導入していると称し、七、八十人のクラスごとに、担任のようなものが置かれていた。僕のクラスの担当は、三十代くらいの伊達男で、生徒を指導する気などさらさらないことが、一目瞭然であった。予備校で形だけチューターに納まり、もらった給料で女と遊ぶことだけが生きがいという感じである。

教師たちも、どことなく高校までの教師たちと違っていた。まともだと思われたのは、英作文の教師くらいで、日本語を英語に置き換えただけの稚拙な和製英語を嫌い、英語特有の言い回しにこだわっていた。板書された生徒の解答を前に眼を丸くして顔をしかめ、生徒の方を振り向きつつ、「皆さん、こんな英語を書いていてはいけませんよ」というのが口癖であった。

数学の教師は、問題の切れ味鋭い解きっぷりが評判だったが、ただそれだけで生徒の数学力の向上に役立つというものではなかったし、本人もそんな気はなかったように思う。彼はただ問題が鮮やかに解ければ満足していたし、そうした自分を「わたしは数学者ではありません。数学屋です」といい、そこにはどこか自嘲の響きが感じられた。

英文法の教師は、ただたどしく生徒の誤りを正すだけで、なぜそうなのかを説明する言葉もなく、わかっているのかわかっていないのか、わからなかった。

要するに、ここの教師たちには、情熱というものがなかったように思う。たぶんどこかの大学の講師などの傍ら、経済的な必要に迫られて予備校で教えているだけであり、特に生徒たちに伝えたいこともなかったのである。熱のようなものが感じられたのは、朝登校する生徒たちに校門の傍らで大きな声で挨拶を繰りかえす守衛と、学食で生徒たちに言葉もなく食事を提供しながら、どことなく温かなものを感じさせる調理のおばさんたちくらいだったように思う。

寮長は六十がらみの体格のいい男で、受験勉強に向けて生徒たちを鼓舞することに余念がなかった。それ以外には、自分が糖尿病を病み、それを克服したことを自慢するくらいである。妙に威勢がよく、言葉にはやや訛《なま》りがあり、サラリーマン出身という感じがしない、経歴不明の人物であった。とにかく一生懸命勉強して、少しでもいい大学に入ることを熱く説き、それに何の疑問も抱かないようであった。

ここではじめて、僕は郷里を離れて大海に出た気分であった。寮には、北は北海道から南は九州までの浪人生が集まっていた。出身がまちまちのためか、それぞれが身にまとう空気も異なっている。その中で親しくなったのは、予備校の授業でたまたま近くの席に座った北海道出身の岸田と、神奈川出身の渡部、それに新潟出身の阿川であった。

僕たちは朝連れ立って花小金井《はなこがねい》の駅まで二十分ほど歩き、西武新宿線に乗って通学した。寮から花小金井の駅までは、新興住宅が散在する畑作地帯の遊歩道を歩くのだが、行きかう学生や会社員は、みな垢抜けて都会的で、明るく希望に満ちたような表情をしていた。

花小金井の駅前には西友があり、何だか西友を中心にできたようなまちであった。西友の店内は、白と茶をトーンとしたいかにも洗練されたレイ・アウトで、生活臭というものがまるで感じられない。郷里には今までそんな雰囲気の店はなかったし、おそらく東京にだって、そんな空間はそれまでなかったのではないかと思われる。それは、たとえばアメリカのどこかの店の意匠をまねたという感じではない。西友は当時、作家を兼ねる気鋭の経営者の下、従来にない斬新な流通戦略を展開しはじめていた。

僕たちは西友で、流行のジーンズやスニーカー、マディソン・スクウェア・ガーデンのバッグなどを買った。旧制高校的なバンカラを伝統とし、どこか精神主義的な校風をもっていたS高校であったら、そうした行動にはどこかしら抵抗があっただろう。だがここには、そうした羞恥を感じさせるものはなかった。S高校にどことなくあった、「ひっかかり」、拘泥というものが、なかったような気がする。そしてそれは、その後日本全体に浸透していった空気でもあった。

電車の車内で見かけるサラリーマンたちは、田舎のそれと違い、みなどこかお洒落に感じられた。男がそんなふうに外見に気をつかうものではないというのが、それまでの僕たちの感覚であった。その点も、ちょっと意外であった。

予備校から帰ると、寮のロビーのテレビの前に寮生が集まり、みんなで「宇宙戦艦ヤマト」

をみていた。宇宙を舞台にしたこのSFアニメも、それまでのアニメにない新しさがあり、僕たちは熱中して見たものだ。宇宙空間を舞台とし、宇宙服に身を包んだ登場人物たちが縦横無尽に活躍するこのアニメにも、かつての「巨人の星」にみられたような、汗とか涙といったウエットなものがどこにもなかった。

だが考えてみると、当時の日本には、色々な面でそれまでにない新しいもの、現象があらわれていたように思う。前年にはロッキード事件の強制捜査がはじまり、高度成長期の日本を支えてきた政治構造に、風穴が開けられようとしていた。日本の若者たちを熱狂させた七〇年安保は、浅間山荘事件などいくつかの事件をへて急速に衰退し、革命を唱える左翼学生たちの姿は、雲散霧消していた。政治に無関心で、個人的な逸楽のみを追い求める若者たちが、大学のキャンパスの主役になろうとしていた。

それにあわせて、様々な流行も変化していた。文学では、村上龍が『限りなく透明に近いブルー』で芥川賞をとり、池田満寿夫は『エーゲ海に捧ぐ』を書き、学生運動の苦悩や青年の懊《おう》悩《のう》を描くのとは異なった文学が、主流となりつつあった。既存の文化に対するプロテストとして現れてきたフォークソングは、徐々にその反逆性をなくし、若者の恋愛を謳歌するだけのセンチメンタルなものに変わっていき、それと時を同じくするように、フォークソングとも演歌とも一線を画す、ニュー・ミュージックと呼ばれる歌が人気を集めつつあった。小椋佳や荒井由美に代表されるそれらの音楽は、長い間日本の庶民感覚を支配してきた貧しさや生活苦、哀感やセンチメンタリズムからまったく訣別した、洗練された都市生活者の繊細な感性を歌うものだったように思う。

そんな大きな環境の変化の中でも、最初のうち勉強は順調であった。毎週週間テストがあり、その結果は寮の壁に張りだされた。僕は予備校内で最上位で、大手出版社が主催する模擬テストでも、H大学の合格可能性は高かった。

ところが、夏を境に、突然勉強する気がなくなってしまったのである。なぜなのかわからない。僕は急に勉強から離れ、何をするということもなく寮の狭い一室でぼんやりするようになった。

それまで切磋琢磨《せっさたくま》するように互いに競いあい、行動をともにしてきた岸田や渡部、阿川たちは、いつしか僕の周囲から遠ざかっていった。かわって、医学部を三浪していながら勉強に身が入らない浜さんや、女の子とつきあって要領よく遊んでいる丸野らが近づいてきた。

予備校の後半半年間、僕は何をしていたのだろう。丸野とボーリングに行ったくらいしか、覚えていない。あとは寮で悶々とするか、寮の周辺の武蔵野の面影が残る街路を、あてもなくさまよっていた。あっという間に受験シーズンに突入していった。成績は急降下しており、もうH大学どころではない。それでも僕は、志望校を下げなかった。家族からは、現役のときに受かったK大学を滑りどめにするようすすめられた。だがもう、現役のときの実力は到底かなわない。K大学にさえ、受かるはずもなかった。

そのとき僕は、高校のとき僕の斜め前にすわっていた、横田の志望校を思い出した。横田は国立一期校のT大学の法学部を志望していたが、滑りどめを、国立二期校のI大学にしていたのである。当時国立二期校にはほとんど法学部がなく、本州ではI大学のほか、S大学にしかなかった。S大学は、国立二期校の中でも、最も難関であった。今の僕では、S大学でも覚束ない。それが僕がI大学を受けることに決めた理由であった。

年が明け、私立の入学試験がはじまった。百人以上いたであろう寮生たちは、何校もの受験の掛けもちで、東奔西走していた。僕はその中で、まさに糸が切れた凧《たこ》のように、孤立していた。それでもH大学の一次試験に受かったのは、それぐらいの貯金はあったということなのだろう。だが二次試験は、ぼろぼろであった。それでも奇跡が起こることを念じて、合格発表を見にいった。結果は、いうまでもない。

僕はもう、最低限の気力さえ失っていた。I大学の受験日が近づいてきても、寮の自室のベッドで、何も考えずただ横になっていた。

I大学の受験日の前々日だったと思う。僕の部屋に、丸野が入ってきた。

「松永、明日は水戸に行く日だろう。起きろよ。一緒に水戸にいってやるから」

そのとき僕が何を思ったのか、思い出すことができない。ただいわれるままに、機械的に起き上がっただけのように思う。

翌日僕は、丸野と常磐線の特急列車に乗っていた。覚えているのは、車窓にひろがる常陸《ひたち》台地の、果てしなくひろがる田園風景である。中部山岳地帯の小さな盆地に育った僕には、驚くべき光景であった。山がみえないという点では、東京も同様である。だが見わたす限りひろがる平坦な土地を、東京では林立するビルや密集する住宅といった人工物が覆い、そこには潤いもやわらかさも欠けているのに対し、ここでは広々とした水田や畑、そこかしこに散在する林が大地を覆い、それはどこまでも明るく静かであった。穴倉の中で、ただうずくまるように鬱々とし続けていた僕は、急に明るい陽光の下に出たような気分であった。僕は感動していた。それは、来るべき何ものかを約束するような光景であった。

七

H大学の二度目の受験に失敗したとき、父はもう一年浪人してもいいといった。だが僕は、ただただ高校以来の泥沼から脱出したかった。二浪しても、長く続く惰性から抜けだすことはできないと思われた。

どこでもよかったのだ。ただ、あの頽廃から抜けだすことができさえすればいい。受験勉強ではない、本当の勉強がやっとできる。好きな本を、思い切り読むことができる。勉強するなら、どこの大学でも同じことだ。

東向きの風通しのいい二階の下宿で、僕は本を読みはじめた。ただ本が読みたい一心で、手当たり次第に本を買い求めたが、僕の頭の片隅にあったのは、高校時代に高田先生が紹介してくれた、あの一群の本であった。

最初の頃手にとったのは、ゲーテ、トルストイ、ドストエフスキー、ロマン・ロラン、ロジェ・マルタン・デュ・ガールなどの外国小説のほか、森有正や加藤周一の評論・エッセイや、様々な新書だった。入学直後は、訪ねてくる友達もいないため、勉強に疲れると、ふらりと街へ出て、あてもなく歩き回った。

I大学は、遠く那須《なす》山地に端を発する那珂《なか》川の河岸段丘上にあり、下宿を出て二十分も歩くと、この段丘の東端に出る。そこには笠原神社という、何の変哲もない小さなお宮があって、その神社の裏手からは、遥かに見晴るかす明るい田園の中を、ゆったりと静かに流れる那珂川を眺めることができた。

杉林の中を那珂川が流れる大地へと下る道筋には、昔ながらの茶店があり、かき氷の旗が揺らめいていた。かつて那珂川周辺の農村の人々が、水戸の街へ出るために歩いた道なのであろう、坂道だから息は切れ、喉も渇く。その渇きを癒すための、ささやかな茶店だったのだろう。郷里でも当時より十年くらい前までなら見かけたような、何か懐かしい趣の店であった。

道を下りきると、那珂川までは十分ほどである。関東ローム層の赤茶けた乾いた土に、長葱《ながねぎ》などが植えられている。段丘上から眺めた風景の主調をなす色合いは、この長葱の薄緑であった。

畑の中の道沿いには、何軒かの家や土蔵があった。蔵は地面から生えでたような土壁で、屋根には平石が載せられている。蔵の脇には、桃などの果樹もみえる。徐々に那珂川に近づいていくと、集落の一番奥、まさに那珂川のほとりに、竹林に抱かれた一軒の農家があった。家の周囲の土と畑、そして竹林の中に融けこむようにたつ、簡素な古い木造の家。家から少し離れたところでは、麦踏みをしているのだろうか、一人の年老いた農夫が、何かを踏むような動作を続けている。実に静かで、調和に満ちた光景であった。

思い切って川辺の竹藪《やぶ》に入っていくと、そこには微かな踏み分け道があり、その道をたどると、一艘《そう》の川舟がつながれた岸辺に出た。目の前を、関東平野の北縁を音もなく太平洋へと向かう、那珂川の豊満な流れがあった。

平日の昼下がりで、あたりに人影もない。川舟の主にとがめられるかもしれないという一抹の不安を抱きながらも、しかし僕は、その場を離れられなかった。那珂川のゆっくりとした流れを茫然とみつめ、晴れ渡った空を眺め、心地よい春の微風に揺れる竹の葉のそよぎに聞き入りながら、時を忘れた。

那珂川の大地に下りるためには、下宿前の小路を出て左に折れる。その角を反対に右に進んでいくと、水戸駅から大学前に至る国道と平行して伸びる市道となる。

住み慣れた街であれば、ことさらに路傍の家々を眺めることもなかっただろう。だが、初めてみる街並みであった。郷里とは、気候も風土もまったく異なる街である。すべてが新鮮で、目新しかった。冬の厳しい寒さにさらされる郷里とは異なり、家々の軒先にも、玄関前の植え込みにも、どことなくゆとりと安らぎを感じる。暇な大学生が散策する平日の住宅街は、人通りもなく静かであった。

道筋には、何軒かの昔ながらの商店や、格式が高く、政治家でも出入りしそうな料亭もみえた。商店の店先には、実に懐かしいぬくもり、生活の確かさが感じられる。進取の気性に富み、新しもの好きの郷里に比べ、十年くらい遅れているように思われた。しかし遅れていることが、悪いわけではない。むしろ、きわめて保守的なこの街には、戦後のわが国が急速に失いつつあった古きよきものが、まだまだ残されているように感じられた。

二十分も歩くと、二十三夜尊という寺があり、寺に続く紫陽花が群生する公園の杉木立の合間からは、やはり那珂川が流れる田野を望むことができた。

公園内を歩くうちに、隣接する墓地に迷いこんだ。水戸藩が、藩士の共同墓地としてつくったという、常磐《ときわ》共有墓地である。整然と並ぶ墓石をひとつひとつ確かめる。名も知らぬ多くの人々の墓。ただ、尚武の気風を重んじたこの街は、多くの軍人を輩出したのだろう、かなり階級の高い軍人の墓が目につく。

墓地には、誰が手向けたとも知れない香の煙が立ちこめ、墓地の周囲をめぐる杉木立の上空には、無数の鴉《からす》が舞っている。この墓地を覆う静穏は、一体何なのだろう。それは、死者たちの永遠の安息なのだろうか。僕は墓地の美しさというものを、ここで初めて知った。

墓地の西南端には、回天《かいてん》神社があり、幕末の殉難志士たちが祀られていた。天狗党の乱等で、命を落とした志士たちの墓である。常磐共有墓地の墓石は、ひとつひとつ古さや大きさが異なり、個性があった。だがここには、一斉に建てられた同じ規格の供養塔が、ずらりと並んでいる。それがかえって、夥《おびただ》しい血が流された無残を感じさせた。残された者たちは、ここをどのような思いで訪れたのだろう。この一画にだけは、静穏ではなく、癒えることのない傷跡が刻まれているように感じられた。

八

下宿の二階の四畳半で、大学のテニスコート脇に青空を背に立つ欅《けやき》の大木を眺めながら、本を読み、コーヒーを飲み、煙草を吸い、読書に疲れれば街を歩きというのが、大学生活の最初の日々だった。そのうちに、講義もはじまった。

実体はほとんどないが、大学の学生管理上一応設けられたらしい「クラス」もあった。「クラス」運営に大学はほとんど関与しなかったが、左翼系の学生自治会が、「クラス」の結集を呼びかけていた。

自治会の働きかけで教室に集まった「同級生」たちの間で、「級長」の選挙が行われた。そうはいっても、互いに初対面の我々が、リーダーを互選できるわけもない。みんな戸惑って顔を見あわせていると、すっと手を上げ、つかつかと教壇に上がる髭面の学生がいた。

「いいよ。俺がやるよ」

千葉の船橋からきた、津久井であった。変わった奴がいるなあというのが、そのときの感想である。

津久井はそれで顔を売ったが、その他の面々は、名なしの権兵衛のようなものである。いきなり会話がはずむわけもなく、その場は解散となった。

それでもその後やはり学生自治会の主催で開かれたソフトボール大会などを通じ、僕たちは徐々に打ち解けていった。最初に声をかけてきたのは、地元の常陸太田《ひたちおおた》出身の後藤であった。ソフトボールの試合での僕のプレーをみて、何となく興味を持ったようであった。そうやって、徐々に顔と名前が一致していった。

最初の頃の講義は、あまり覚えていない。教養課程で、法律や経済、社会学の入門的な講義のほか、心理学とか生物学、英語やドイツ語の講義があった。期末には試験があったが、別に受験を控えているわけではなく、実に気楽なものであった。高校から予備校にかけて、絶えず受験に追いたてられていた僕たちにとっては、天国のような環境であった。

教授たちにも、あまり熱があったようには思われない。教養課程ということもあり、専門的に掘り下げた講義はなく、それぞれの領域の表面をなぞるだけの講義が多かったように思う。

生物学の教授は、一般人にはほとんど無縁と思われる鮎の生態を、抑揚もなくひたすら淡々と講じていた。自分の講義を学生たちがどう感じているかなど、まったく眼中にないといわんばかりであった。

中には、自分自身の現在の境遇に対する不満を、講義の中で吐きだす教員もいた。自分の給料が、商社に勤める友人に比べあまりにも少ないと嘆く教師や、ありふれた地方大学であるI大学などを出ても、ろくな就職はないなどと、学生を嘲笑してはばからない教員もいた。それは、そうした大学で教鞭《きょうべん》をとる自分自身をも貶《おとし》める行為であるということにも、気づいていないようであった。

総じて教授たちには、情熱や緊張、生の充実が感じられなかったといっていい。まだ高校までの教師たちの方が、そうした活力を備えた人々がいたように思う。

小学校の最初の担任だった前野先生は、こどもたちに対する深い情愛に満ち、生徒たちのみならず、保護者たちからも慕われていた。中学のときの数学や国語の先生は、自分の教科を丁寧に教えようとする誠実が感じられた。高校の何人かの教師たちには、生徒の学力を向上させようとする強い使命感が感じられたし、高田先生などは、教養を希求する高邁《こうまい》な心と、それを生徒たちに伝えようとする熱い情熱を感じさせた。

にもかかわらず、教育の最高峰を担う大学の教員たちに、なぜ幾許《いくばく》かの覇気が感じられないのか、不思議であった。

しかし、そんなことはどうでもよかった。教員たちがどうあろうと、それでも講義の中には新たな知識があったし、とりわけ僕にとっては、大学の講義よりも下宿での読書の方が、はるかに豊穣で喜びに満ちていたのだ。

そのうち下宿にも、様々な友人が訪れてくるようになった。級友の津久井、後藤、宮田、学生自治会の先輩たちなどである。

七〇年安保から八年がたち、学生たちの政治的熱狂は去り、学生運動から変質派生したセクト闘争も、ほぼ収束していたが、学生自治会は、ある左翼政党の支配下にあった。彼らは新入生たちに声をかけ、自分たちの運動に合流するよう働きかけていた。

彼らのうちの何人かが、僕の下宿を訪れ、様々なことを議論するようになった。何を話したのか、よくは覚えていない。あたりさわりのない雑談にはじまり、最終的には、政治談議に落ち着いていったのだろう。

僕たちより一足先に大学に入り、マルクス・レーニン主義をかじっていた彼らの論法には、説得力があった。社会を資本家と労働者に二分し、諸悪の根源はこの階級社会にあるという話はわかりやすく、若い僕たちの正義感を揺さぶった。

多少なりとも大学の講義に接し、読書を通じて知識を高めつつあった僕は、彼らが挑んでくる論戦に喜んで立ち向かい、簡単に丸めこまれた。大学には革新系の教員が多く、ある種の論理性を至上とする空気が支配し、そうした論理を土俵とする議論においては、新入生のわずかな知識など、勝負にならなかったのだ。

彼らに影響されてマルクス系の本を読む一方で、雑多な読書は続けられた。後藤、宮田と、文学論をはじめとして様々な議論をした。知識を手に入れ、それをもとに考え、議論することが、新鮮で楽しかった。

後藤は、ビートルズを信奉し、庄司薫を愛読する、寡黙で品のいい男だった。自分のスタイルがあって、周囲に流されるところがまったくなく、その独立独歩が魅力だった。

仙台の呉服屋の息子である宮田は、家業を継ぐことが宿命づけられていたのであろう、公認会計士の資格をとるといって、会計学関係の本を勉強する傍ら、様々な本を読みあさっていた。ドストエフスキーの『死の家の記録』を絶賛し、ブルース・スプリングスティーンに心酔していた。

僕たちは互いの下宿を行き来し、読んだばかりの本の話をし、そうした談義に時のたつのも忘れた。

考えてみれば、この入学してから半年ほどの間が、五年間にわたった僕の学生生活の中で、最も楽しく自由な日々であった。下宿での読書。友人たちとの談論。水戸の田野や市街地の、果てしない彷徨《ほうこう》。自分を制約する何ものをも感じなかった。そしてそれらとともにひろがっていく、知識の無限の沃野……。

九

そうした生活の転機となったのは、秋に行われた学園祭であった。学園祭は、サークルを中心に行われる。しかし、サークルに所属していなかった僕は、同様にサークルに入っていなかった後藤や宮田、津久井らとともに、同級生たちに呼びかけて、クラスで何かをやろうということになった。

クラスの七、八人が集まると、すぐに映画をつくろうということになった。宮崎出身の中藤が、高校時代に映画をつくったことがあり、ノウハウはもっているという。脚本は中藤が書き、津久井と中岡さんが主演、カメラマンは後藤、僕は演出といった具合に、とんとん拍子で役割分担が決まった。

そうした十人ほどのグループの中には、地元の高校出身の中岡さんとか、二木さんら、数人の女子も交じっていた。僕たちはみんなで、水戸市郊外の森林公園や大洗《おおあらい》海岸などでロケをし、食事をし、酒を飲み、語りあった。

そうした中で忘れられないのが、森林公園のロケの間中聞いていた、ＡＢＢＡの音楽である。スウェーデンのコーラスグループだったＡＢＢＡは、当時彗星《すいせい》のごとくあらわれ、一世を風靡《ふうび》していた。その美しい和声と流れるような旋律は、ちょうどその頃日本でも目立ちはじめた、都会的な洗練そのものであった。

映画のタイトルは、「ガルマダ」といい、ちょっとしたＳＦ映画である。中藤がつくった脚本は稚拙で、高邁な文学的作品をイメージしていた宮田らは憤慨したが、まあまあといってなだめた。大学生らしい、観念的・理想主義的なものに越したことはないが、いったん中藤に脚本を依頼した以上、できあがったものにけちをつけるべきではない。そもそも、そう期待しても無理な話だ。僕には、高校のときにはなかった、気持ちのゆとりが生まれていた。

演出など、やったことはない。だが、やってみると演技のイメージはおのずと湧いてきて、僕には才能があるらしかった。撮影に使う小道具の、古代から伝わる宝剣をつくるよう頼まれ、紙粘土に着色して糊と混ぜ、乾燥して固まらせると、思いのほかいいできばえの宝剣ができた。友達はそれをみて、「本物の錆びた剣のようだ」と感嘆した。

何をやってもうまくいく、そんな感じである。高校の頃のような悩み、陰は、もうない。僕は自分の力を信じ、友人たちの中で鷹揚《おうよう》に振舞った。

映画の制作は順調に進み、学園祭の日を迎えた。十一月下旬で、水戸の秋は深まり、標高の高い中部山岳地帯に育った僕は、日本の秋というものが、いかにゆっくりと静かに成熟していくかを、ここで初めて知った。キャンパスの銀杏は黄金色に染まり、澄んだ秋の青空を背景に、高い樹冠で凍《こお》ったように結晶していた。僕たちは落ちた銀杏の葉をかき集め、上映会場の教室に敷きつめた。

そんな中で、いつも独自路線を行く後藤は、コーヒーを売るといって、学生で賑わうキャンパスの一隅で、カフェ・スタンドを開いた。下宿でいつも丁寧にコーヒーをいれている、後藤らしい行動だった。僕は映画会場と後藤のスタンドを行ったりきたりしながら、楽しんでいた。「ガルマダ」という奇異なタイトルが興味をひいたのだろう、映画にも、そこそこ客が入った。映画をみて、会場から出ようとした知的な雰囲気の上級生は、僕の顔をみるといった。

「『ガルマダ』っていうから、どんな映画かと思ったら、ただのメロドラマだね」

僕は、「はい、そうです」とうなずいた。

十

学園祭が終わり、晩秋の中で日常の講義がはじまった。映画を制作中、僕たちは様々なことを語りあったが、そうした話題のひとつは、女子のことだった。映画の制作には、四、五人の女子が加わったが、みんなの関心は、自然に二人の女子に収斂《しゅうれん》していったように思う。いずれも地元の、中岡さんと、二木さんである。

中岡悦子《えつこ》は、父親が東海村の原子力研究所に勤めているという愛らしい小顔の女の子で、明るく素直な性格であった。僕たちにI大学の校歌を教えてくれたのは、彼女である。

二木佳子《よしこ》は、両親が教員ということだが、寡黙で、何を考えているかちょっとわからないところがあった。容貌は大人びていて、かわいいというよりは、美人という方であったろう。

僕は最初、中岡悦子に好意を抱いていた。実に裏表がない感じで、気性もさっぱりとしていた。しかし、友人たちの二木佳子評を聞き、ふと彼女をみつめたとき、そこに僕の見なれない陰影、性格の奥行きのようなものを感じたのである。

たぶんある面僕に親しかったのは、中岡悦子の方だったろう。だが僕は、未知の雰囲気をもつ二木佳子に、徐々に惹かれていった。しかしたぶん、中岡悦子と二木佳子のどちらを選ぶかということは、僕の大学生活にとって、いや、僕の人生そのものにとって、決定的に重要なことだったに違いない。

冷たい雨が降るある暗い日の講義後、僕は二木佳子を誘った。彼女は、特段驚くような素振りもみせず、僕についてきた。

大学から歩いて二十分ほどのところ、二十三夜尊の近くに、散歩の途上みつけた「シベール」という喫茶店があった。当時としては珍しく、三十代くらいの女性二人でやっていて、一、二度入ってみたことがあったが、いつも客は少なく、静かな店であった。

その日もほかに客はいなかった。カウンターには、女性が一人だけだった。

歩いていく途中、何を話したか覚えていない。たぶん、あたりさわりのない会話をしたのだろう。

カウンターから離れた通りに面した窓際に席をとって、しばらくして僕は切り出した。

「つきあってほしいんだ」

「どうして?」

「君が好きだから」

「……好きって、どういうこと？」

いかにも訝しげに顔をゆがめて、彼女はいった。自然に流れていた会話が、ここでぱたりと止んだ。まったく予想もしていない返事だった。僕は言葉につまり、次の瞬間、席を立った。

「待って」

それまであまり表情を変えなかった彼女が、微かに気色ばむように、手を上げて僕を制した。思えばこのとき、彼女は僕を制止しなければよかったのだ。そうすれば僕たちは、互いに深入りすることなく、苦しむこともなく、ただのクラスメートとしての、表面的なつきあいだけですんでいただろう。だが、なぜか彼女は僕を制止した。

誘えば同意してくれるだろうという安易な気楽さで多少浮ついていた僕は、急に厳粛になった。そこから何を話したのか、覚えていない。ただ、結論は出ず、彼女がしばらく考えさせてほしいということで、その場は別れた。

その後も何度か彼女と会い、話をしたが、なかなかすんなりとはいかなかった。何度か絶望させられ、打ちひしがれて、下宿で炬燵《こたつ》に横になったものだ。何度目かのときに、那珂川のほとりで長時間話をした。僕がそのときまでどんなふうに生きてきたか、僕はどんな人間なのか、そんなことを話したのだと思う。天気のいい、陽光《ひざし》がやさしく風も心地よい日だった。その日彼女は、初めて和らいだ表情をみせた。

十一

僕たちは週に何度か会い、話をした。この話もまた、ほかの友人たちとの会話同様、読んだ本のこと、そこから考えたことがほとんどで、もっぱら僕が話し、彼女はただ聞いていることが多かった。文学にしろ思想にしろ、外国の翻訳もの中心の僕に対し、彼女は国文学中心であった。安部公房や三浦綾子が好きだといい、倉田百三の本の名をあげた。

僕はそのいずれも読んでおらず、彼女のもっている世界がどんなものなのか、まったくわからなかった。彼女があげたいくつかの本を初めて読んでみたが、それは僕が慣れ親しんできた外国文学の世界とは、どこか相容れない世界だったように思う。

それでも、話を聞いてくれる異性がいるだけで、僕は満足していた。彼女とのつきあい以外の僕の生活に変わりはなく、本を読み、コーヒーを飲み、煙草を吸い、疲れればふらりと街に出た。夜は、『二十歳の原点』に出てくるサントリー・ホワイトを飲みながら、いつまでも物思いにふけった。

一年の春休みのことは、忘れられない。天気の悪い三月で、雨ばかり降っていた。僕は下宿の雨戸を閉め、暗い部屋で一日中読書にふけり、夜になると、決まった時間に後藤、宮田の下宿を訪ね、口角泡をとばして議論した。

休み中、二木佳子にプレゼントするために、下宿の朝夕の賄いを断り、三度の食事はカップ麺ですませた。体調を崩して数日寝込んだが、一人だと食事もとれず、ただ横になって快復を待つしかない。数日間眠り続ける中で、下宿の天井で曼荼羅《まんだら》がまわるような夢をみた。医者に行きたくても、起き上がることすらできない。ようやく少し楽になったところで、僕はよろよろと立ち上がり、下宿からわずか百メートルほどのところにある内科医院まで、必死の思いで歩いていった。医者は僕を診察し、感心したような、憐れむような表情で、腹膜炎の痕があるといった。

春休みが終わる頃には、げっそり痩せてしまったが、さほど気にもとめなかった。雨戸を閉ざした下宿で本ばかり読んでいた僕には、新学期のキャンパスで春の陽射しを浴びる女の子たちが、まぶしく輝いてみえた。

十二

大学二年は、そのようにしてはじまった。二年の課題は、まずもって一年のときに落とした単位を、取り直すことだった。

一年のとき、下宿での読書中心だった僕は、相当数の単位を落としていた。深夜まで本を読み耽り、完全に夜型になっていた僕は、朝起きることもままならず、午前中の講義を欠席することが多くなっていた。講義に出なかったこともあるが、そもそも午前中に設定された学期末試験を、受けることすらできなかったのだ。外国語をはじめ、三分の一くらいの単位を落としていたと思う。

このままでは、四年で卒業することなど覚束ない。加えて二木佳子は、講義という点では、まことに優等生であった。彼女の手前、一年のような状態を、続けるわけにはいかなかった。また、ほとんどの学生が一年のときから履修する教員養成課程を、僕は二年からはじめることにした。教師になりたいと、本気で思ったわけではない。母に勧められるままに、何となくである。

そんなわけで、僕はにわかに忙しくなった。他の学生の、下手をすれば倍くらいの講義をこなさねばならない。特にドイツ語の講義には、予習に時間をかけ、週に一度は、徹夜するようになった。やるとなったら、人一倍いい成績を残したかった。

そんな中でも、二木佳子とのつきあいは、変わらず続いていた。週に二回くらい定期的に会い、街をそぞろ歩きしながら、同じような会話を繰りかえしていた。

そんな関係に、ある日変化が訪れた。彼女が突然、

「松永君は、冷たい」

といったのである。

なぜそんなことをいうのか、わからなかった。ただ、僕の話を聞いていると、気持ちが冷えてしまうという。

僕は急に立ち止まり、彼女の顔をみつめ、そこに何があるのか、見つけ出そうとした。

僕は僕のやりたいことを続け、たまに彼女に会い、話したいことを話すという形が、崩れはじめた。僕たちは、より頻繁に行動を共にするようになり、彼女の話に、僕が耳を傾けることが多くなった。

彼女は彼女で、悩みを抱えていた。それは主として、母親との関係であった。彼女の母親が、厳しすぎるのだ。そのため彼女は、自分自身を解放することができない。

「ひとりでじっとしていると、自分がいなくなってしまうような気がするの」

自分の存在を疑ったことなど一度もない僕には、到底理解できない言葉であった。それでも僕は、そんな彼女を否定せず、自分を抑えて彼女の内面に寄り添おうとした。

また彼女は、I大学への入学は彼女の本意ではなく、東京のT女子大学に憧れており、転学したいともいった。それは、僕から離れていくということであり、僕には到底容認しがたい話だったが、それでも僕は自分を抑え、転学が実現できるよう励ました。

僕は、もっと正直でもよかったのかもしれない。彼女の気持ちが理解できないのならそういい、彼女に離れてほしくないのなら、そういえばよかったのだ。でもたぶん、文学・思想系の読書に耽溺していた僕は、理想主義に走りすぎていたのだろう。

加えて僕が直面したのは、セックスの問題であった。もともと、セックスが目的でつきあいはじめたわけではない。だが、彼女と行動を共にすることが増え、下宿で二人だけで過ごす時間が多くなると、僕は自然と、彼女の体を求めた。

キスをし、ペッティングをする。そこまでは、彼女はあまり抵抗を示さなかった。しかし常に抑制的な彼女とは、そこから先に進めない。僕は進もうとした。しかし、その中で彼女が示す微かな抵抗を感じると、そこで自分を止めた。

それは、実に苦しいことであった。そこで自分を止めるくらいなら、そもそも彼女の体に触れない方が、よほどましだった。一番苦しい自制の仕方である。

そこでも僕には、彼女の心の内がわからなかった。僕が感知していたのは、ある地点で彼女が投げかけるわずかな動き、シグナルだけであった。それについて僕たちが言葉で語りあうことは、ついぞなかった。

そんな関係が、半年ほども続いただろうか。ある日、いつものように下宿で彼女を抱いていた僕は、いつものように自分を止めた。すると突然、体全体が、びくびくと痙攣しはじめたのだ。僕自身、それが何なのか、わからなかった。次の瞬間、それは嗚咽《おえつ》へと変化した。体の奥底から、激しい嗚咽が血のように噴き出した。僕は、まったく幼児のように、声の限りに泣いた。

翌日、黙って部屋に入ってきた彼女は、何もいわずに僕を抱いた。おそらく、彼女にとっても、思いもよらないことだったのであり、僕の号泣に、彼女自身大きなショックを受けたのだろう。

僕たちのセックスは、その日から変わった。その間、二人の間に何も言葉はなかった。ただ、「すべては了解された」のである。

しかしこの出来事は、結局僕たちのつきあいの終末まで尾を引いた。というより、この出来事こそが、僕たちの破局の根源であったともいえるかもしれない。ここに至るまで自分を受けいれてもらえなかった僕は、彼女の愛情に、深い不信を抱いたのだ。

この間、僕たちの間に言葉が交わされなかったように、この疑念も、言葉ではなかった。僕の体に刻印された、深い深い傷のようなものであった。ちょうど母に乳房を拒絶された哀れな嬰児《えいじ》のように、それは僕の根底に記憶された。

十三

読書、佳子との交際、講義のほかに僕が抱えていたのは、自分自身の問題であった。高校から予備校にかけての混迷。その原因が何だったのかを、ずっと考え続けていた。本を読むこと自体、そうした探究のためだったといえる。

自分自身のあり方を考えるために、自分の歴史をさかのぼり、家族のあり方をみつめ、そこに投影される父や母の人生を振りかえり、明治以来の日本の歴史そのものを見渡した。そこに僕は、明治以来の日本の歪み、極度の中央集権と富国強兵、立身出世の価値観、戦後資本主義の加速度的な進展と、富国強兵にかわる経済至上主義を見出した。

日本の庶民は、そうしたわが国の歴史に巻きこまれ、翻弄されてきたのであり、庶民の苦悩の多くは、素朴な人間としての生活と感情が、そうした社会のあり方との間で発する不協和音のようなものであったろう。父も母も、そうした日本の庶民の一員であり、両親の苦悩は、日本の歴史の苦悩でもある。父も母も、没落した地主の家系であり、明治以降の過度の立身出世主義の中で、深い挫折を経験してきた。そして僕は、そうした両親の思いの集約であり、僕の矛盾は、両親の矛盾であり、日本の矛盾でもあったのだ。

そんなことを、僕はぼんやりと理解した。それがすべてではないにせよ、少なくともそれは、僕の成長過程を支配した、ひとつの大きなファクターではあったろう。そうした中で、競争に打ち勝ち、有名大学に入ることのみを追い求めた僕は、身の丈を超えた虚栄に陥り、人として立つべき基盤を失っていたのだ。

そんなことを思ったとき、僕は身軽に、自由になったように感じた。

大学に入る前、僕は大学に入れば勉強ができると思った。では、高校、予備校までの勉強とは、一体何だったのか。それは、ただの受験勉強であり、本当の意味での勉強ではなかった。入学試験とは、よりよい学校に入り、より有利な職業につくための選抜機構に過ぎず、そこには人間性を高め、人格を陶冶する何らの契機もなかった。しかし、そもそも孔子が「十有五にして学に志す」といったとき、その「学」とは、人格の完成以外の何ものでもなかったのだ。

明治以降の日本の教育とは、富国強兵を支える知的素養を国民の内に涵養《かんよう》すると同時に、強力な中央集権国家を支える一握りの人材を選抜するためにあったのであり、そうした学校における勉強とは、そのための手段に過ぎなかった。それでも、「修身」により、儒教的な理念が維持されていた戦前であれば、まだ勉強や学問に、人格完成への契機が残されていただろう。しかし、儒教的な価値観が破棄された戦後においては、勉強とは、人格やより高次な倫理的価値とは切り離された、無方向なもの、単なる立身出世の道具になりさがっていたとしか思われない。もはやそこには、本当の意味での教養さえも、なかっただろう。

高校一年のとき、担任の提案により、クラスメート全員が、ホームルームで順番に意見発表することになった。僕の順番が回ってきたとき、僕は同級生たちに、熱く語った。

「みんな、何のために勉強するのかってことを、考えなきゃだめだよ」

友人たちから、その言葉に対する反応はなかった。そのことを問う雰囲気すら、なかった。そして実は僕自身、高校から予備校までの四年間、それに回答することができていなかったのだ。それがおそらく、あれほどにも受験勉強に集中できなかった、本当の理由なのだ。

僕は、自分が生きる精神的基盤を失いつつあることを本能的に感じ、その基盤を回復させるための勉強を求めていたのであり、それは「受験勉強」とは、まったく方向を異にするものであった。だからこそ、「大学に入れば勉強ができる」と思ったのだ。

そして今、僕は自分が何のために勉強するのかを、明確に意識している。

僕は明らかに、高校時代を超えつつあった。しかし、過去は超えられても、それがただちに未来をつくりだすことにはつながらない。未来を創造するためには、新たな未来のための思想、生き方の指針が必要だった。

十四

僕がそんな大学生活に没入する一方で、社会は、何かを加速させていた。予備校の頃から感じていたことだが、何かが「離陸《テイク・オフ》」したように思う。一九七〇年代の後半は、第一次石油ショック後の経済の回復期であった。急激な高度成長の末に遭遇した石油ショックは、日本全体を震撼《しんかん》させた。わが国の経済が、破綻する危機であった。だがそれは、国をあげての経済の合理化と構造改革で、みごとに乗りこえられた。危機はいつしか去り、さらに強固となった日本経済が、世界経済のただ中にあらわれつつあった。

予備校の頃東京で見た新たな流通産業の勃興は、おそらく本格的な消費社会の到来を告げていたのだろう。都会的な極度の洗練、土着的なもの、貧しいもの、暗いもの、重々しいものからの訣別と、無色透明で、浮遊感に満ちた都市生活への志向。かつて学園紛争の中で悶え、フォークソングに自らの苦悩を投影させていた若者たちは、今やサザン・オールスターズの圧倒的な享楽に酔い、ほの暗い憂愁を湛《たた》えていた山口百恵は、泥臭さのまったくない、コケティッシュな松田聖子にとってかわられていく。

それは、それから十年ほども続く、日本経済の絶頂期のはじまりであった。繁栄の予感と高揚感の中で、人々は浮かれはじめていた。カラオケやテレビゲーム、ディスコが流行《はや》りはじめた。若者をはじめとする多くの人々が、それらの熱に浮かされ、まじめに考えること自体を、拒否しはじめていた。

同時にそれは、自分の中に沈潜し、自分自身と向きあい、とことんまで考え抜こうとする僕の姿勢とは、まったく相容れない空気だった。思索を深め、勉強をすすめるにしたがって、僕は周囲の風潮に対する違和感を、徐々に強くしていった。そして、当初無意識的だったその違和感は、当時読んでいたニーチェの「反時代的」という概念に触れることによって、自覚的、意識的なものにかわっていった。

その感覚は、佳子との交際によって、より現実的なものになっていったといってもよい。僕たちは互いにのめりこむことによって、ますます二人だけで過ごすようになっていった。二人だけでいたい。そんな僕たちの気持ちは、自然他の友人たちと共有する時間を、限られたものにしていく。いつしか友人たちの多くは、僕たちから遠ざかっていった。

それはある意味、僕たち二人が、社会から隔絶され、時代から孤立していくことでもあった。その二人だけの世界は、はたして至福に満ちていたのだろうか。逆であった。互いにのめりこみ、友人たちの中で孤立しながら、僕たちはすれちがいをくりかえしていた。僕は彼女の言葉に共感することができなかったし、彼女も僕を、よく理解できていなかったにちがいない。おそらく二人は、あまりにも違いすぎていたのだ。だから僕たちには、二人でいても、抱きあっていても、本当の意味での安心、一体感というものがなかった。

であれば、「僕たちは合わないね」といって、早々に別れればよかったのだろう。でもそうするには、僕たちは生真面目に過ぎた。若過ぎたとも、経験不足だったともいえるかもしれない。そんな不幸な関係にありながら、なおも何とか理解しあおうともがき、互いに誠実であろうとしつづけた。

間近にいる一人の人間の顔を、精神を、心をのぞきこむ。何を考えているのか、何を感じているのか、ひたすら理解しようと努める。そうしようとすればするほど、相手は逃げていった。眼を凝らした先に、どこまでも彼女の姿はみえなかった。

今思えば、それは佳子が母親との関係によって、自分を解放することができていなかったためとも思われる。母親の過度の抑圧の下で、彼女は自分自身であることが、できなかったのだ。素の自分を生きることが、できなかったのだ。それが僕が彼女の中に確かな彼女をつかむことができなかった、本当の理由ではなかったか。そして、だからこそ「ひとりでじっとしていると、自分がいなくなってしまうような気がするの」という、存在の危うさを示す言葉が生まれたにちがいない。

もとより彼女は、感情を素直にあらわすことがなく、その内面を推しはかることがむずかしかったが、僕と抱きあっているときでさえも、それはかわらなかった。彼女とのセックスに、愛の豊かさは、感じられなかったのである。それが、肌をあわせながらも、本当の安心を感じられなかった原因だった。しかしそれが、彼女が僕を愛していないということには、ただちにはならなかったであろう……。

僕と佳子との環境の違いも、大きかった。孤立を深め、頼るべきぬくもりはますます佳子一人となっていった僕に対し、佳子には帰るべき家があった。そこには両親がいて、妹がいた。母親との確執に悩む佳子にとって、そこは真の安住の地とはいえなかったかもしれない。しかしそれは、理屈をこえた無条件の居場所であり、それなりの休息の場ではあっただろう。一方の僕には、帰るべき家はなく、心休まる休息の場は、まったくなかったのだ。

彼女の家庭の規範は、実に厳格だった。講義以外の日中の多くの時間を僕の下宿で過ごした後、彼女は、遅くとも六時半には帰っていった。その後の長い夜を、僕は一人で過ごした。

「日曜日だから、どこかに出かけよう」という僕に対し、彼女は、いかにも理解できないというように顔をゆがめて、

「日曜日よ。日曜日くらいは家にいなさいと、お母さんにいわれてるの」といった。

夏休みなどの長い休暇も、同様であった。むしろ、大学に行く必要のないそうした期間こそ、佳子は家にいなければならなかった。

十五

二年の後半になると、専門課程のゼミの選択があった。僕が入ったのは人文学部社会科学科

で、教養課程では、社会科学系の諸科目を幅広く学べるようになっていた。教養課程のうちは専門分野を決めず、三年次に法学、経済学、社会学のどのコースに進むのかを決めなければならない。それは具体的には、自分が所属するゼミの選択という形で行われた。

当初法律を学ぶつもりでI大学に入った僕は、入学して間もなくのぞいた司法試験をめざすサークル「正法会」で、司法試験を受けるための勉強の実態を知り、早々に法律を投げ出していた。法曹家になるためには、大学生活のすべてを、法律の勉強に捧げなければならない。だが僕には、そんな気はさらさらなかった。ただひたすら好奇心の赴くままに、ありとあらゆることを学びたかった。

最初の頃僕の関心をとらえたのは、マルクス経済学であった。学生自治会の先輩たちの影響もある。彼らにいわせると、社会を規定するのは下部構造たる経済であり、法律などというものは、経済に規定される上部構造にすぎないという。ならば、社会の根本を規定する経済学をやってみよう、ということであった。

にもかかわらず、僕の関心は、高校時代からの興味の中心である、哲学・思想系から離れなかった。教養課程で選択した哲学の講座の『生きることの探求』というテキストは、僕のバイブルであった。

いろいろな分野の本を濫読する中で、ゼミを選択する頃に読んでいたのは、経済学史家である内田義彦の『社会認識の歩み』という、社会思想史系の岩波新書であった。

経済学史というのはこんなにおもしろい研究分野なのか、というのが僕の感想であった。それまで専門分野をどうするかということに、あまり興味がなかった僕だが、そんな場合は、好きな教授のゼミを選択するという方法もあった。だが僕には、これという教授も思いあたらない。教養課程で、法学、経済学、社会学の概論的な講義をひととおり受けてはいたが、傾倒、心酔するような教授との出会いは、皆無だったのだ。

I大学では、経済学史の講座は、石田教授が受け持っていたが、石田教授の講義は、聴いたことがない。そこで僕は、思い切って石田教授の講義に紛れこんだ。

教壇に立つ石田教授は、それまでに見たどの教授とも違っていた。身なりにあまりかまわない多くの教授たちと異なり、質のいい上品なスーツに身を包み、分厚い黒縁の眼鏡をかけ、とにかくきちんとしている。が、それだけといえば、それだけであった。

講義は実に淡々としていて、そこには他の教授たちにしばしばみられる、思い入れ、陶酔や自己満足、シニシズムその他の余分な感情がみられない。要するに、講義に私心が混じっていなかった。

研究室にうかがってみる。研究室の壁を覆う重厚な洋書を見回し、僕が感嘆したように、

「先生の部屋には、本がたくさんありますね」というと、まったくにべもなく、

「商売ですから」といった。

内田義彦に惹かれて経済学史に興味をもったことを告げると、自分はたまたま経済学史の講

座を受け持っているが、専門はロシア思想史であり、レーニン以前のナロードニキを研究しているという。思想史系であれば、願ってもないことであった。僕は、石田ゼミに入ることを決めた。

三年になり、ゼミで少数教育を受ける。この頃から、大学生活の空気が、どこかかわってくる。教養課程の、多数の学生の中の一人といった匿名の気楽さは薄れ、一人のゼミ生として、教授の前で責任をもつ立場となり、卒業、そして就職が視野に入ってくる。

その頃であろうか、僕は漠然と、このまま大学に残って、研究者になりたいと思いはじめていた。そもそもI大学に入学を決めたとき、高校の担任から、大学院への進学をすすめられていたのだ。しかしそれまでの僕は、進学をあまり現実的には考えていなかった。だが今、大学でさまざまな本を読み、思索を深めるにしたがって、そうした生活そのものを職業とすることを、考えはじめていた。それは自由な生活であり、世界を視野に入れた、広い世界での生活であった。

そして、そうしたことを夢見はじめたちょうどその頃、突然僕の中で、忘れられていたある記憶が甦ったのである。

それは、僕の最も古い記憶であった。二、三歳頃であろうか、僕は当時住んでいた商店街に面した借家の二階の六畳間で、父の膝に抱かれていた。頭上には裸電球が灯り、僕たちは、ぼんやりとひろがる黄色い光に照らされていた。父と向かいあって、僕の見知らぬ父の友人らしい人が座っている。そこで僕は、父たちの会話を、ただ漠然と聞いていた。

「……いくらかわいがったって、今のうちだけですよ。そのうち大学にでも入れば、必ずどこかへ行ってしまう」

地方のこどもは、大学に進むとともに、親元を離れていく。それが、明治以降当たり前のこととなって久しい時代であった。

しかし父は、僕を見下ろしながら、確信に満ちた口調でいったのだ。

「いや、この子は帰ってくる。きっと帰ってくる」

そこには、最初の結婚（父は一度離婚した後、母と再婚していた）によって生まれた長男が、父の元を離れていったことに対する、ある思いがこめられていたのかもしれない。

そうしたやりとりを、僕は意味もわからず聞いていた。意味もわからず。そしてその意味が、そのときになって、突然了解されたのだ。

よりによってそのタイミングで、なぜその記憶が甦ったのか、僕にはまったくわからない。おそらく、そのときまで一度も思い出されることがなかったであろう、失われた遠い遠い記憶。それがなぜか、急にまざまざと、思い出されたのだ。それはほとんど、地下のマグマに突然突き上げられるような衝撃であった。狭い郷里を抜けだし、東京をへて関東平野の一隅で世界地図ばかり眺めていた僕は、不意に郷里の方角をふりかえった。

大学を卒業して郷里へ戻ることは、大学の研究者になることと、相容れないように思われた。

多くの大学がある大都市なら、それも可能だろう。だが、僕の郷里は、中部山岳地帯の一小都市であり、近在の大学といえば、車で一時間ほどの街にある、国立大学だけである。その大学に職を得られるかどうかは、かなり稀少な可能性に思われた。

自分の夢と、自分の奥底に眠る記憶との葛藤に、僕は悩まされた。それは二者択一の問題であり、両立は困難と思われた。

それと同時に意識されてきたのが、父との思想的な対立である。

仕事のほか、地域や同業者組合の役員や民生委員、ボーイスカウトの団委員長など、さまざまな社会的活動に忙殺されながらも、なお家族を愛してやまない情の人であった父は、同時にきわめて謹厳な保守主義者であった。戦後、日本人の多くが戦前の価値観を放棄したのに対し、父は戦前の道徳観を守り、一貫してその立場から、戦後に対峙してきた。こどもの頃から僕は、そうした父の訓戒を説き聞かされて育ってきたのだ。

しかし、当時周囲の人々の多くは、父とは異なる価値観、平和と民主主義を至高価値とする思想のもとに生きていたように思われる。いや、そうではなかったのかもしれない。戦後民主主義を標榜する人々が、そうした価値観を声高に叫んだのに対し、戦前を是とする人々は、ともすれば寡黙で、目立たなかっただけかもしれない。

それは、マスコミの報道ぶりにも、如実にあらわれていた。マスコミの多くは、戦後民主主義を無条件に支持していた。それは、二度にわたる安保闘争や、三島由紀夫の自決に対する報道姿勢に、色濃くにじんでいたように思う。

そうした空気の中で育った僕は、知らず知らずのうちに、戦後の価値観を身につけていた。平和と民主主義、それは侵すべからざる正義であるように思われた。そして大学での初期の勉強は、僕のそうした傾向を、一層助長していったように思われる。

勉強すればするほど、僕は父から離れていった。もはやかつてのように、父の言葉を黙って聞き続けることはできない。僕は父に、反論しなければならない。

それは、生木を裂くような感情であった。僕は父が好きであり、尊敬しており、父を喜ばせたかった。だが僕の中で成長する思想は、父を否定する。父の思想は、父の情と不可分であり、それが単なる理屈ではないことは、僕にはよくわかっていた。父の思想を否定することは、父の生活、父の人格、父の歴史そのものを否定することである。そんなことを、すべきだろうか。

就職の問題、家に帰るかどうかという問題は、そうした父との思想的な対立と深く絡まりあい、僕を苦しめた。

十六

そうした中で、僕は徐々に疲弊していった。読書、講義、就職や父との対立の悩み、佳子との心休まることのない交際に埋めつくされた僕から、休息がなくなっていった。ぼんやりとテレビでもみていればよかったのかもしれない。パチンコやマージャンにうつつを抜かす時間があればよかったのかもしれない。だがそもそも、僕の下宿にテレビはなかったし、謹厳な父の息子である僕には、パチンコやマージャンに興じる習慣もなかった。それどころか僕は、雑誌や週刊誌などは精神を堕落させるものとして遠ざけ、もっぱら哲学・思想系の読書に明け暮れていた。

かつて本当の意味で僕の解放的な時間であった散歩も、今はほとんどしていなかった。煙草を吸い、コーヒーを飲みながら本を読むか、講義を聴くか、心通うことのない時間を、佳子と共に過ごすか、酒を飲むか。そんな僕にとって、唯一の息抜きといえば、酒を飲むことだったが、気持ちにゆとりがなくなる中で、酒の味さえも、殺伐としたものになっていったように思う。

運動不足と食生活の貧困が、僕の疲弊に拍車をかけた。酒を飲んでも緊張がほぐれず、眠れない夜が多くなっていった。

四年になる頃には、卒業論文の作成に取りかかった。濫読を通じて拡散する興味関心の中で、それでも僕は、高校以来僕をひきつけていたジャン＝ジャック・ルソーをテーマとすることに決めた。

なぜルソーなのか。それはおそらく、ルソーの中にこそ、僕の求めている「何か」があると感じていたからだろう。あるいはただ、高校のときに買い求めた岩波新書に掲載されていたルソーの肖像画に、何となく親しみを抱いたためだけかもしれない。

僕は教授に、

「卒論なんて、自分のために書くんです」

と宣言し、教授はただ、

「そうか」

といってそれを認めた。教授は無私の人であり、どこか諦念を感じさせる人であった。

日本で翻訳されているルソーの全著作を、年代順に読み込むことから準備ははじまった。一冊読むごとに、内容をレポートにまとめ、ゼミで教授に報告していく。『学問芸術論』や『人間不平等起源論』は、マルクスの定式化された社会論くらいしか知らなかった僕には、きわめて新鮮だった。そこには、手垢にまみれていないハンドメイドの思考と、一八世紀のヨーロッパの世相に対する、ルソーの激しい憤りがあった。

だが、何より僕の気を引いたのは、ルソーを通して触れることになった、ギリシア・ローマ思想であった。ルソーは、一八世紀のフランスの社会と文化を批判する。それは、何の根拠もなく徒手空拳で行われるわけではない。ルソーは、ヨーロッパ思想のひとつの源流ともいうべきギリシア・ローマ思想を典拠として、いわばそれを鑑《かがみ》としながら、同時代を告発するのだ。

意外だったのは、ルソーが引き合いに出すのが、アテネよりスパルタであったことだ。戦後民主主義の中で理想視されていたのは、もっぱらアテネであって、スパルタはむしろ、戦前・戦中の日本にこそ親和的な国家であったろう。しかしルソーは、アテネよりもスパルタを佳《か》とする。それはおそらく、ロココティックに洗練された当時のフランス社会に対する、質朴で無私な文化としてのアンチ・テーゼだったのだろう。知的に爛熟《らんじゅく》しながら、まさにそれゆえに頽廃していた当時の精神に対する、アンチ・テーゼだったのであろう。いずれにせよ、それは僕には発見であった。フランス革命の思想的主柱であったジャン゠ジャック・ルソーが賞揚するのは、アテネではなく、スパルタである。戦後教育の中で刷りこまれてきた何かが、崩れはじめた。

その頃ルソーに並行して読んでいたのが、ニーチェだったと思う。なぜニーチェなのか。それもよくわからない。ニーチェは、同時代を厳しく批判しながら、それまでヨーロッパを支配してきた伝統的な価値観と世界観を、根底から覆した思想家である。彼の、「力への意志」、「永劫回帰」などの象徴的なキーワードが、若かった僕の心に響いたのだろうか。というよりは、時代に鋭く対峙した彼の姿勢に、一九八〇年代初頭の日本になじめない僕の何かが、呼応したように思う。

少し前から、キャンパスに車が増えはじめた。僕の周りでも、津久井と宮田が車に乗っていた。大学生が車を所有する時代が、やってきたのである。カラオケが流行り、東京ではディスコで若者が熱狂していた。記事ではなく、もっぱらスクープ写真でセンセーションを巻きおこす写真週刊誌が登場しはじめた。日本全体が、騒然としていた。何かが沸き立つような、そんな空気であった。

そうした周囲の空気とは隔絶しながら、僕はルソーを読み、ニーチェを読み、己が将来や父との対立を考え、心休まることのない佳子との交際を続けていた。休息も、解放もなかった。

ずっとつけていた日記が、いつしか書けなくなった。かつておのずから湧きでてきた文章が、出てこなくなった。自分自身の、言葉が失われた。おのずからなる自分というものが、わからなくなった。自分の中から、やわらかさのようなものが消えていった。

たぶんこの頃だろう。下宿近くの真夏の国道に立ちながら、自分の内奥に冬のような乾いた寒さを感じたのは。道を歩きながら路傍の花を見つめたとき、その花弁に自分が吸いこまれ、自分と花の世界が逆転するかのような錯覚に襲われ、狂気の予感に慄然《りつぜん》としたのは。

そうした僕は、傍目《はため》からも憔悴《しょうすい》しきってみえたのだろう。津久井は僕の母に電話し、僕の異状を告げた。

十七

父との思想的な対立の問題、就職の問題は、どうしても解けなかった。僕は父に、自分の思想的な立場を表明しなければならない。それが難しかった。

第一に、僕は父が怖かった。物心ついて以来、父は常に絶対的な存在であり、我が家では父に背くことなど、まったく考えられなかったのだ。

しかしそれ以上に恐れたのは、父を傷つけることであった。僕の生まれ育った家庭の中で、父は権威そのものだったが、その権威は、疑いようのない家族愛と献身、人生と社会に対する真摯そのものの態度から生まれてきたものであった。父は僕たち家族を愛し、僕たちのために生きている。その上で、あるいはその延長線上で、天皇を崇敬し、日本のよき伝統を守ろうとしている。そしてその父に異を唱えることは、父の愛を裏切ることであり、誠実そのものの父の人生を、真っ向から否定することであるように思われた。そうした躊躇《ためら》いが、父と対峙しようとする僕の前進を阻んだ。

就職。思想の問題を生涯にわたって突きつめること。それ自体を職業とすること。それは当時の僕にとって、一番自然なことであった。だが、僕は家に帰らなければならない。それは、甦った最も古い記憶が、最も深いところで僕に命ずることである。そしてそれは、研究者としての自分の人生を、放棄することであると思われた。

こうした問題が解けないまま、時間は徒《いたずら》に過ぎていった。友人たちは、就職活動に奔走している。ちょうど予備校のときと同じように、若者を社会へと押し出していく怒濤のような目にみえない流れから、僕は完全に孤立していた。僕はつまるところ、そうした流れに自然に身を任せることが、できない人間であった。しかしだからこそ、よりよい大学へ、よりステータスの高い職業へと、磁石に吸い寄せられるように流されていく友人たちの姿を、その奔流の外側から目の当たりにすることができたのだ。

しかし、そんなことはどうでもよかった。僕には自分自身の問題が、あまりにも切実であった。

四年も後半になると、僕は留年することに決めた。卒業後の進路が、まったく定まっていない。単位は不足していない。卒業論文を、提出しないだけである。

四年の最終学期を終えると、郷里に一時帰省した。

十八

実家で両親とともに夕餉《ゆうげ》の食卓に向かっていても、何を話していいのかわからない。言葉が出てこない。父にどう対していいのか、わからない。

うつむいて無言のまま夕食を食べる若い息子を、両親はどうみていたのだろう。そこにある重い不気味な沈黙を、父はどう感じていたのだろう。しかし両親は、ともに僕に深く立ち入ろうとはしなかった。

誰からともなく、精神科への受診をすすめられた。自分が心の病に冒されているなどとは、思っていない。ただ、長く続く不眠は、耐えがたかった。気が進まぬままに、古くからある地元の病院の門をくぐった。

臨床心理士によるカウンセリングに続き、ロールシャッハ・テストを受ける。何に見えるかと示された図柄は、巨大なペニスを持つ怪人に見えた。

最後に面談した医師は、

「最近、心から笑ったことはありますか」

と尋ねた。そういえば、もう久しく笑っていない。

「軽い鬱病にかかっていますね」

それが医師の診断であった。そんな診断を、信頼する気にはなれない。

「しばらくの間入院しますか。あなたと同年代の患者さんもいますよ」

同年代の鬱病患者と、一緒にされてはたまらない。僕は入院を断り、診察室を出た。

入院するかわりに、近くの高原にある保養所で、一週間ほど静養することになった。高原といっても、季節はまだ三月であり、雪に覆われて寒風吹きすさぶ高原は、人影もなくいかにも荒涼としていた。

「何もするな」というのが、医師の指示である。しかし、人間何もしないなどということは、できはしない。僕は時間をもてあましながらも、時折本のページをめくりながら、孤独な時を過ごした。

十九

高原での静養を終え、大学にもどった僕は、石田教授の研究室を訪ねた。

「体調が悪いので、留年の一年は実家にもどって論文を書かせてください」

しかし教授は、なぜか僕のこの申し出を、認めてくれなかったのだ。ほかのすべての僕の申し出を、教授は退けなかった。唯一、この願いだけが、拒絶された。

「自宅にもどると勉強しなくなるから」というのが、その理由であった。そもそも教授は、僕の体調不良、不眠を信用していないところがあった。学生の不眠など、贅沢病だというのだ。教授の許可がなければ、家にもどることはできない。しかし、このままの生活を続けることは、耐え難かった。気が休まることのない今の生活を続けて、果たして精神の平衡を保てるだろうか。それは、恐怖に近い感覚であった。

この頃だろうか、にわかに運動をはじめたのは。ある日僕と寝ていた佳子が、僕の体を見つめながら、ぽつりといった。

「こんなに青白《あおっちろ》くなっちゃって……」

この言葉を聞いた瞬間、僕は「何をっ」と思った。今まで女性にそんな口をきかれたことは、一度もない。女に見下げられたことは、一度もない。彼女にそんな気はなかったかもしれない。むしろそれは、軽蔑などとは無縁の、愛惜や悲哀を含む言葉だったのかもしれない。だがそこに軽侮以外感じることができなかった僕は、反発した。女にそんなことをいわれる自分自身に、腹が立った。このままではいけない。僕の中で、何かが弾《はじ》けた。

大学に入った最初のころの散策を除き、予備校以来ほとんど運動らしい運動をしていなかった。僕はある日突然大学のキャンパスの周りを走りはじめ、那珂川を見晴るかす笠原神社の境内で、腕立て伏せをはじめた。

自分のわがままでする留年を、父に頼るわけにはいかない。それまで週二回行っていた塾の講師のアルバイトを、四回に増やし、それでも足りない分は、昼に食堂で出前等をしながら、自活をはじめた。

佳子はといえば、佳子もまた就職浪人を決めていた。彼女は両親にならって教員になることを希望しており、浪人などしなくてもそれは十分可能だったと思う。そう、彼女は、僕を一人残して就職することが、できなかったのだ。

今思えば、このときの彼女の決断を、僕はあまりに軽視し過ぎたのだ。後年就職して津久井と飲んだとき、カウンターで僕の隣に座った津久井は、僕の顔をみるともなく尋ねた。

「どうして二木さんと別れたんだ」

僕は多くを語らず、やはり横を向いたまま、一言だけいった。

「彼女の愛情が、信じられなかったんだ」

津久井も、一言だけ返した。

「……愛していたと思うけどな」

佳子に関する二人の会話は、それがすべてだった。だが、やはり津久井のいうとおりだったのだ。それが、佳子のあの一年間の浪人にあらわれていた。

厳しい親に従順な佳子が、しなくてもいい浪人を選んだのだ。佳子がどう親を説得したのか、想像することすらできない。

浪人を決めたとはいえ、大学は予定どおり卒業して講義に通うことがなくなった佳子は、以前のように毎日来ることもなくなった。家庭の習慣に馴れきった彼女にとって、それは当然のことであり、ことさら僕に弁明することでもなかったのだろう。もともと彼女は、自分を語ることが極端に少ない女性だった。僕もまた、彼女をよく知る者として、それを無言で受けいれた。しかし、疎遠になっていたとはいえ、ほとんどの友人たちが卒業してゆく中で、彼女さえも遠ざかることが、当時の僕にとって、どれほど辛いことであったか。しかし佳子は、そうした僕の孤独に、まったく無関心であるように思われた。

だが、そうではなかったのだ。彼女は僕を置いて就職することをせず、僕とともにとどまった。そのことの意味に、僕こそが無感覚であった。

ひりひりするような孤独の中で、相変わらず僕は卒論の作成を続け、自分の悩みを考え続けた。苦しかった。それでも破綻しなかったのは、おそらくは増えたアルバイトの時間と、細々とはじまった運動のおかげであったろう。

塾の講師は、大学二年から続けていた。卒業するまで、四年勤めたことになる。時間給にすれば当時でも二千円をこえる割のいい仕事で、留年した一年間自活できたのは、もっぱらこのバイトのおかげである。

しかしこのバイトは僕に、割のいい給料以外の何物ももたらさなかったと思う。仕事のやりがいも、僕の視野を拡大する新たな発見も。

むしろ今でも懐かしく思い出すのは、一年間しか働かなかった食堂の方である。その食堂は、下宿近くの国道を、水戸駅とは反対の方角に十五分ほど歩いたところにあった。店名は「ぴーたん」といい、四十前後の小森さん夫婦が切り盛りする、ごくごく小さな店であった。

この小森さんが、以前は大きなホテルで調理人として働いていたということだが、実に素朴な人だったのだ。おそらく高校も出ていないのであろう、理屈などというものとは、まったく無縁な人であった。

小森さんは、いつも無精鬚を生やし、薄汚れた調理服を着て、時折はにかむような笑顔をみせた。あるとき調理場に一匹の銀蠅が迷いこむと、いらだったようにその蠅を叩きつぶし、死んだ蠅をつまんで覗きこみながら、首をかしげて、

「なんだこいつ」

とつぶやいた。それでもことさら手を洗うこともなく、至極当然のように調理を続けた。

奥さんは、色黒で年の割に皺《しわ》の多い小柄な人で、いつも朗らかであった。小学校低学年くらいのこどもが二人いて、学校から帰ってくると食堂に付属した二畳ほどの小部屋で、じゃれあっていた。

夫婦は、今の自分たちの生活に特段の不満ももっていないようにみえたが、あるとき僕が小森さんに奥さんのことを尋ねると、

「俺は失敗した……」

と、吐き捨てるようにいった。といって、二人の仲が悪いようにもみえなかった。夫婦は、ともに僕のことを「まっちゃん」と呼び、僕を完全に信頼しているようだった。しかし僕がぴりぴりした空気を漂わせていたからであろう、ある日食堂のテレビで精神に異常を来した大学生が罪を犯したことが報じられると、少しおずおずと、

「まっちゃんは、大丈夫け？」

と、水戸訛りで尋ねた。

こどものように純朴な小森さん夫婦に比べ、僕の方がよほど落ち着いてみえたのだろう、客の中には、僕をマスター扱いする者さえいた。

店内にはいつも演歌が流れ、近所の客たちの中には、昼間からビールを注文する者もいた。客たちの会話はよく覚えていないが、ごくごくローカルで飾らないものだったと思う。

時折ある出前が、また楽しかった。出前箱のついた店の原付で、町内を回る。家々の勝手口や縁側から料理を渡すときは、それぞれの家庭の素顔を覗くようであった。

これらは、いつからか僕がまったく遠ざかっていた世界であった。小森さん夫妻は、かつて小学生のころ僕の周りを取り巻いていた、あの小川さんたちの面影を、どこか感じさせる人たちであった。

あれから十年余、人間臭さにあふれたあの素朴な人々は、急速に少なくなっていったように思われる。あの人々は、一体どこへいってしまったのだろう。

何も考えることのない運動と、理屈などというものが入りこむ余地のない「ぴーたん」でのバイトが、僕を救ってくれたのかもしれない。

二十

卒業論文は当初、『エミール』と『社会契約論』というルソーの主要著作二つを、統一的に解き明かすことを目指していた。『エミール』は、家庭教師たるルソーが、少年エミールを生誕から結婚まで教導する物語であり、そこにはルソーの理想的人間観が集約されている。当時のフランス社会と文化を鋭く批判するルソーが、それらに対するアンチ・テーゼとして提出するのが、理想的人間像としてのエミールなのだ。

それに対し『社会契約論』は、王権神授説に象徴される絶対王政の社会に対し、人民の契約による、人民のための政府を構想するものであった。

人間論としての『エミール』と、社会論としての『社会契約論』は、一見したところ無関係のようにみえるかもしれない。しかし、両方ともルソーの理想であり、ルソーは社会革命が必要であると同時に、人間革命が必要と考えたのではないか。『社会契約論』は、『エミール』に描かれた人間像を前提として、はじめて有効に機能するのではないか。

当初の構想は、そうした視点で二つの著作の意味と関係を問い直そうとするものであった。だが、作業に着手すると、問題が大きすぎた。一年という限られた期間で完結することは、到底不可能に思われた。

そこで僕は、問題とする対象を『エミール』に絞り、ルソーの求めた理想的人間像だけをあきらかにすることにした。

学問というものは、普遍的真理を求めるものであって、主観は、可能な限り排除されなければならない。それが学問と文学（芸術）の違いであり、学問の世界においては、「己《おのれ》」は捨てられなければならない。石田教授が「無私」にみえるのは、この学問研究における必須前提が、教授の人格にまで浸透しているからにほかならない。僕も、まがりなりにも学問の世界の入り口に立つ以上、この原則に従わなければならない。

僕は、そうしたある意味禁欲的な態度で、研究に入った。しかし、僕の根本にあるのは、自分自身の問題であり、悩みであり、それらから完全に離れることは、不可能であった。

ルソーの理想的人間像をあきらかにする。それは、僕自身を映し出す鏡を磨くことであった。『エミール』は、すべてではないかもしれない。しかし、僕自身を測る、ひとつの尺度《ものさし》にはなるだろう。

高校時代、なぜルソーに憧れたのか、わからない。僕はルソーを読む前から、ルソーに憧れていた。『エミール』を読む前から、『エミール』を信じていた。人生において何をどう考えたらいいかわからず、苦しみもがいていたとき、ルソーの中にこそ、その解決の糸口があると感じていたのだ。何の根拠もなく。

そして今、『エミール』を精読する。それは僕が登りたかった山であり、歩きたかった道であった。

『エミール』において、ルソーはどんな人間を創造しようとしたのか。それは、曇りのない理性をもった、倫理的な人間であった。そして、倫理的であることによって、魂の浄福を享受する人間であった。

西欧近代思想の古典において、そうした倫理主義に出会ったことは、ある意味意外であった。それは、明治以来の精神主義を、敗戦によって徹底的に破壊された戦後日本の、とりわけその教育において、ほとんど完全に破棄された思想に近い。無論皇国史観とは縁もゆかりもないが、倫理的な態度そのものは、僕の周辺では父のみが体現する態度であった。

しかしそこではじめて、僕は僕が立脚すべき思想的地平に出たのだ。僕はいつからか、有能であることのみを追い続けてきた。学校も社会も、それ以上のことを求めているようにはみえなかった。しかし、有能であるだけでなく、有徳でなければならない。それが、『エミール』を通じて得た結論であった。

二十一

卒業論文の作成とともに、僕の考えは徐々にまとまっていった。それは高校以来の僕の混迷の、総決算であった。

しかし、そのようにある意味落ち着いていく一方で、もうひとつの大きな問題があった。それは、卒業後の進路である。

大学入学以来僕の関心は、学問の世界に向けられてきた。そしてそれは、研究と思索そのものを己が職業とすることに、収斂しつつあった。そんな中で、毎日本を読み、卒論の準備に明け暮れていたのだ。

そうしたある夜、突然あの古い記憶が、甦ったのだった。学問の世界で自由に羽ばたくことばかり考えていた僕の心に甦ったその記憶は、二度と忘れられることはなかった。夢を追うか。古い記憶の命令に従うか。僕は二者択一を迫られた。どちらも捨てることは難しく、ただハムレットのように、自問自答を繰りかえすばかりであった。そうした僕に、ひとつの方向を与えてくれたのは、やはり『エミール』であった。長い『エミール』の終末で、エミールに職業を選ばせる部分が、僕の心に突き刺さった。

「……あなた（エミール）はどんな人間でありたいのか。なにをして一生を送るつもりか。あなた自身と家族の者のパンを確保するためにどんな方法をとるつもりか……」

そういってわたし（ルソー）は、商業にたずさわるにせよ、官職につくにせよ、利殖を志すにせよ、かれの財産を有利にもちいるあらゆる可能な方法を示してやる。

（中略）

「……わたし（エミール）は親切で正しい人間であることのほかに光栄を知らない。愛するものと一緒に独立して生き、労働によって毎日あらたな食欲と健康を獲得することのほかには名誉を知らない。あなた（ルソー）が話したようなやっかいなことは、どれを考えてみても、わたしはあまり心を誘われない。どこか世界の片隅にある少しばかりの畑、それがわたしの求めている財産のすべてだ。わたしは、それを有利に使うことにわたしの欲のすべてをむけて、落ち着いて暮らすことにしよう。ソフィー（エミールの妻になる女性）とわたしの畑、それでわたしは財産家になれる。」

「そうだ、友（エミール）よ、妻と、自分のものになっている畑、賢者の幸福にはそれで十分なのだ……」

（ルソー『エミール』、今野一雄訳、昭和三七年、岩波書店。括弧内筆者）

エミールは、何ものにもとらわれない自由な心と、曇りのない理性をもっている。それは、あらゆる欲念から自由ということであり、あらゆる執着から自由ということである。彼は、自然が彼に命じる制約以外、なにものにも縛られていない。

だからエミールは、生きるために必要なもの以外、何も必要としないのである。愛する家族と、生存のための必要最小限の土地、そして、善と正義への意志。賢者の幸福には、それで十分だというのだ。

この地平に立つとき、果たして僕は、職業にこだわるべきだろうか。守るべきものは、ほかにあるのではないか……。

そして、同時に問題だったのは、ルソーのこの言葉を、西欧古典に記された自分自身とは無縁な単なる理想ととらえるのか、自分自身の生き方にかかわる言葉として受け止めるのかということであった。

二十二

そうした進路の選択と同時に悩みとなったのが、父との思想的な立場の違いであった。父の思想が、戦後のわが国の思潮と一線を画すものであったことは、いうまでもない。戦後のわが国が直面した最大の課題は、軍国主義の放棄だったのであり、軍国主義の思想的支柱であった、皇国史観の放棄だった。皇国史観を支えていたのは、江戸時代に勃興した国学の価値観であり、明治以降政府が推し進めた、教育勅語に基づく修身教育であった。そうした、戦前・戦中を通じ国を挙げて形成されてきた価値観の総体を、「戦後」は根底から放擲《ほうてき》しようとしたのだ。

そうした戦前・戦中の価値観の蹂躙《じゅうりん》に対し、典型的に抗議したのが、三島由紀夫であったろう。戦後のわが国の思想界は、三島らに代表される保守主義者と、平和と民主主義を標榜する革新勢力との間で、深く分裂していたということができる。それは政治的には、自由民主党と社会党をはじめとする革新勢力との対立の構図である五五年体制という形であらわれ、六〇年安保と七〇年安保という二度にわたる日米安全保障条約の改定をめぐって、社会は深刻な亀裂を露呈した。

この間、選挙をすれば、自民党が勝った。しかし言論・思想界は、左派が圧倒的のように思われた。戦後知識人たちは、岩波書店の雑誌『世界』や朝日新聞紙上で強力な論陣を張り、保守派の主張は、声高に叫ばれるそれらの声に、かき消されていたように思う。

父の立場は、かき消される側であった。「道徳」という言葉自体が、反動につながるかのごとく忌避され、まして天皇を至高価値とすることなど、タブーとされた時代であった。

そんな中でも父は、幼い僕に道徳の大切さを説き、昭和天皇がテレビにあらわれれば、正座して居住まいを正した。そんな父を僕たち家族は、無言のうちに受けいれていた。僕たちが受けいれていたのは、道徳でも皇国史観でもなく、そうした価値観の下に家族を愛そうとする父であり、戦前から戦中にかけて崇拝した天皇に対する態度を改めようとしない、父の真情であった。

しかし一歩家庭を出れば、そこは戦後の社会であった。メディアが平和と民主主義以外の価値を報じることはほとんどなく、自由と個人主義以外の目標を失った学校の道徳の授業は、中身を失って空文化していた。

そんな中で、僕は無意識に当惑していたといっていい。父の一貫した誠実を心情的に拒めない自分と、戦後思潮の正義との間に、折りあいをつけることができなかったのだ。それでも、高校時代までは、それは漠然とした感情の域を出ることはなかった。

だが、戦後知識人の牙城たる大学に入り、様々な教官たちの講義を聴き、自分でも勉強を進める中で、そうした違和感は、急速に輪郭を露わにしていった。父の保守主義を、批判する言葉が与えられたのだ。

僕は幼い頃から父が僕に教えたことを、すべて吟味してみた。それを今の自分の知識に照らしあわせ、今の自分が受けいれることができるのか、精細に検討した。その結果、父の考えのほとんどを、是とすることができた。ルソーを入り口としてギリシア・ローマの倫理主義を学んでいた僕にとって、たとえ儒教的な色彩をまとっているとはいえ、父の道徳主義は、十分に共感することができたのだ。

だが、どうしても共感することができなかったもの、それは皇国史観であった。民主主義の下で育った僕は、天皇を至上とする皇国史観だけは、受けいれることができなかったのだ。

そうしたことを、父に表明しなければならないと思った。そんなことは、曖昧にしたままでもすむことかもしれない。曖昧にしたまま、これまでの父との関係を続ければ、すむことだったかもしれない。父に異を唱えることは、父を深く傷つけるであろう。それは父の思想を否定するにとどまらず、父の人生そのものを否定することのように思われた。だが、僕は父を傷つけることなど望まず、まして父の人生を否定することなど、思いもよらなかったのだ。

表明しなければならないという倫理的直感と、父を傷つけたくないという子としての感情の間で、僕は引き裂かれた。これもまた、進路の悩みと同様、二者択一であった。

考えても考えても、悩みに折りあいはつかなかった。そんな頃だったろうか。僕はあまり書けなくなっていた日記の一ページに、ほとんど叫びに近い一言を記した。

Achieve a spiritual rebirth!

今読みかえしてみると、この頃の日記の、なんと寡黙なことか。大学一、二年の頃、万年筆の黒いインクで埋め尽くされていた大学ノートは、一ページに一行だけとか、単語一語だけとか、読んでいた本の引用だけになっていた。ほとんど失語症であった。だが、極度の緊張と集中に覆われていたこの頃の日記こそ、その前後の日記の饒舌を、はるかに凌駕《りょうが》するものだったと思う。その頃寡黙に記された言葉の数々は、今も強烈な記憶として僕の心に残るだけでなく、今なお僕の最高の規準であり続けているのである。

長い逡巡の末、僕は父に手紙を書いた。長い長い手紙であった。そこで僕は、僕の思いのすべてをぶつけた。僕は書いた手紙を何日も手元に置き、最後は眼をつぶって、下宿近くのポストに投函した。

父を傷つけたくないという強い思いと、己が立場を明確にすべきだという直感と、この相容れない矛盾を越えさせたのは、ただひとつの思いであった。

父を恐れ、あるいは父を傷つけることを恐れ、自分の真情さえ打ち明けることができない息子を、父は望むだろうか。今ここでそれをしなければ、僕は一生自分をごまかし続ける者になるだろう。そんな息子を、父は望むだろうか。

それこそ清水の舞台から飛び降りるつもりで投函した手紙に、ついに返事はこなかった。そこには、深々とした沈黙だけがあった。僕の手紙を読んだ父は、まったくの無言であった。

二十三

もうひとつの悩みである進路についても、なかなか結着はつかなかった。夢に向かって大学院へ進むという具体的な手続きに踏み出せないまま、公務員試験の準備をはじめていた。それでも、郷里に帰るかどうかは、曖昧なままであった。国家公務員と地方公務員の、両方を受けたのだ。いずれにせよ、大学院に行くのでなければ、就職するしかない。夢を諦めて就職するのであれば、企業に入って私益を追求するよりは、公務員になったほうがいい。その程度の認識であった。

郷里に帰るという結着のきっかけになったのは、国家公務員試験の後、地方公務員試験のために帰省していたときの、ある出来事であったと思われる。

その時、僕は父の仕事を手伝っていた。依然父は僕の手紙に対して無言のままであり、僕は戸惑いながらも、やはり無言のまま父に対していた。自宅の敷地内にある父の仕事場で、父は看板製作に使うペンキを溶いていた。僕と父を取り巻く重い沈黙の中で、父は眼鏡を上げてペンキの缶を覗きこみながら、低い声で一言だけいった。

「……それでもこれは、お前の家だ」

父の言葉に、僕は何も答えなかった。ただ、仕事場の暗い壁を茫然とみつめながら、こう思ったのである。

――この世界を、踏み台にしてはいけない。

二十四

郷里に帰るということが現実となったのは、国家公務員試験に受かり、大蔵省の担当者から面接の電話が入ったときであった。

「松永さん、大蔵省から電話ですよ」

大家のおばあさんに呼ばれて、僕は大家の玄関口にある電話に出た。

「大蔵省の××ですが、試験の結果、松永さんは採用予定者名簿に登載されました。×月×日に、××まで面接に来てください」

包容力のある、洗練された口調であった。僕は受話器の向こうにいる人物を想像しながらも、受話器をとるときには、気持ちは決まっていた。

「申し訳ありません。郷里の市役所に入ることにしましたので、面接は辞退させていただきます」

受話器から、担当者の驚く気配が伝わってきた。

「……失礼ですが、どちらの市役所でしょうか」

僕は郷里の市役所の名を告げ、受話器を置いた。


それからのことは、よく覚えていない。僕は下宿を引き払い、千葉に就職が決まった佳子とともに、家から乗ってきたバンに荷物を積みこんだ。荷物を整理した下宿の部屋は、徹底的に磨き上げ、大家さんに確認してもらった。母とともに荷物を運び入れてから五年、四畳半の日当たりのいい部屋は、あの時と同様塵ひとつなく、あの時と同様輝いていた。

二人分の荷物を積んだ車は、いかにも重かった。それでも、助手席の佳子と並んで、水戸街道を一路東京へと向かった。郷里へもどるためには、千葉・東京を経由して、国道二十号、甲州街道を西へ向かわねばならない。

車の中で、二人は寡黙であった。就職によって分かれても、いずれは結婚するつもりだったが、将来を具体的に語り合う言葉は、ついになかった。

金がなかった。昼食で立ち寄ったドライブインで、二人黙ってカレーライスを食べた。何かみじめな気持ちであった。しかしそれは、僕と佳子が共有した、数少ない感情であった。

二人並んで、東京へ向かう。まっすぐに伸びる水戸街道は、果てしなく遠かった。

エピローグ

これは僕の精神の物語であって、佳子との恋愛の物語ではない。したがって僕は、佳子のことはその限りで最小限にしか語らなかった。

就職後しばらくして、僕たちの連絡は、絶たれることになる。僕から彼女に連絡することが、なくなったのだ。

最後まで彼女の愛が信じきれなかった僕は、彼女の方から僕に橋をかけることを期待したのである。卑怯なことだが、僕は彼女を試したのだ。

だがやはり、それはかなわなかった。そういうことができる女では、なかったのだ。

それでも二年ほどして、思い直した僕は、彼女を訪ねていった。彼女の住んでいたはずのアパートの一室には、まったくの赤の他人が住んでいた。

それからほどなくして僕は、風の便りに、彼女が結婚したことを聞いた。

およそ五年にわたった彼女との交際は、このようにして終わった。僕からの連絡がなくなった彼女が、どれほど悲しみ、苦しんだかは、想像するに余りある。そしてその彼女の悲しみと苦しみに呼応するかのように、僕は重い罪責の念を、永く背負い続けることになるのである。

静かな夏

静かな夏

一

父が死んだ。

「淋しくなりますね」、「お力を落とさないように」……。

喪主としてのわたしの傍らを、そうした言葉がすり抜けていった。もとより、そうした悔やみの言葉に、偽りがあるとは思わない。人は、死者の遺族を前にして、そうした言葉よりほかに、かけるべき言葉をもたないのである。

しかしそれらの言葉が、わたしの心に虚ろに響くことを、どうすることもできなかった。八ヶ月にわたる看護の疲れがわたしの心を鈍くしたのでも、葬儀の緊張が悲しみを忘れさせたのでもない。わたしは父を亡くした淋しさを感じることはなかったし、うちひしがれるような悲しみを感じることもなかった。わたしが抱いていたのは、父の死に対する純粋な敬虔だけであった。父の亡骸を前にして、父の遺骨を胸に抱いて、わたしはただ無心に合掌していただけである。そこには特別な内容も、何らかの色合いを帯びた感情もなかったのだ。

それは、日本中の各地で三十五度を超える猛暑が連日報じられた、今年の夏の盛りであった。世間の暑熱狂騒曲ともいえるような騒然とした空気の中で、父のベッドの周囲だけが、しんと静かであった。父は死の床にあって、凄絶なまでに痩せさらばえた体を横たえ、じっとわたしたちを見ていた。言葉は、すでに失われていた。父の命をうかがわせるものは、ただわたしたちに注がれ続ける、その眼差しだけであった。その眼差しは、何らかの意思や感情を含んだものではなかったように思われる。父の眼は、父の生の最後の残照のように、虚心に、しかし明るく開かれてあった。それは、自分を生んでくれた両親に抱かれて、未だ感情の発現を知らない、無垢な幼子の瞳のようでもあった。

父の前には、わたしと母、そして二人の姉とその家族が立っていた。日が落ちた、夏の夕暮れであった。昼間の暑熱は、まだ部屋の中に澱《よど》むように残っている。わたしたちは、ついに息を引き取ろうとする父の顔を、息をのみながら見守っていた。微かになっていた脈がほとんど消えかかると、呼吸が停止する合図のように、二、三度喉をつまらせ、父の眼から涙が一筋こぼれ落ちた。臨終であった。

父の涙が悲しみの涙だったとは、わたしには思われない。それは、心拍の停止にともなう、単純に生理的な反応だったのではないかと思う。少なくとも父は、自分の死に際して涙を流すような、弱いタイプの人間ではなかった。それとも人は、己が死に涙するのではなく、ただ生者との別離にのみ涙するのであろうか。

それから三ヶ月、葬儀を終え、四十九日の法要を終え、生活と日常に落ち着きを取りもどしつつある今でも、淋しさ、悲しみといった喪失感を抱かないのは、父の死の直後と同様である。不治の病を宣告されたその時から、死の瞬間にいたるまで、わたしはできる限りの時間を、父の枕頭に過ごした。父は、あらがうことも嘆くこともなく、ゆっくりと、しかし着実に、死に近づいていった。死へのその下降は、静かで、あまりにも自然で、いよいよ死に着水したときも、ほとんど波を立てなかったのである。そしてその、生から死への移行は、縫い目のない丸い細工物のように、無理がなく完全であった。生と死の境目が、よく見えないのである。

生きていた父も、死んだ父も、同様に自然であった。そしてわたしは、その移行に、特段の意味を見いださなかったのである。

父が生きていようと、死んでいようと、それはもうどちらでもよいことであった。わたしにとって大切なのは、父という存在がかつてあったこと、そして、それによってわたしがここにあること、さらに今、わたしが父の不在を感じていないこと、それだけであった。

二

父の老いがいつ頃始まったか、さだかには覚えていない。父の壮年から老年への転換、生命のひとつのピークは、おそらくわたしが進学のために郷里を離れていた、あの数年間にあるのだろう。したがってわたしは、父にとって重要だったであろうその日々を、直接目のあたりにすることはなかった。いや、仮に同じ屋根の下に過ごしていたとしても、自分の青春を生きることに盲目になっていたわたしには、父のその変化が、感じられなかったかもしれない。

父の姿で脳裏に焼きついているのは、やはり壮年の父である。わたしが物心ついたとき、父はすでに四十を過ぎた男の盛りであり、わたしが成人するまでの二十年間は、まさに父の人生でもっとも充実していた日々と一致する。

厳しい父であった。二、三歳の幼児には、四十代半ばの父は、圧倒的な存在であった。二十代の父親にみられるであろう柔らかさ、朗らかさ――要するに幼児にとっての親しみやすさは、父にはまったく感じられなかったのである。父にあったのは、苦渋に満ちた半生と、長い間の職人的労働によって鍛えられた、苦みと解体されざる密度をもった、完成された男性像であった。

看板店を経営していた父は、鼠《ねずみ》色の作業服を着て、いつも精力的に働いていたように思われる。仕事を終えて居間に姿をあらわす父は、家の中の、心地よく温められ、母やわたしたちこどもの肌になじんだ湿った空気とは別の、冷ややかで硬い外気を身にまとい、その体臭は、肉体を使って屋外で働く人間のみが持つ、汗と埃の匂いが入り混じった独特なものであった。

幼少の頃から家業を手伝って厳しい労働をしていたためであろう、父の体は引き締まって強健そのものであった。ほとんど休む間もなく働き、夕食には決まって二合の酒を飲み、十時頃には就寝する。翌朝はまだ暗いうちに起き、冬でも近くの稲荷までマラソンをする。知人を集めて朝礼の後、仕事に取りかかる。三時のお茶だといっても、十分そこそこでせわしく席を立ち、けして緊張の糸を緩めることがない。晩酌の折にも、炬燵に端然とすわって背筋を伸ばし、ひとり静かに酒を飲んでいる。寛ろぎの時間にも、姿勢の崩れを見せない人であった。

父の仕事は、わたしにとって、職人の腕というものを定義するものであった。下書きされているわけではない素の文字入れ面に向かう父の筆からは、寸分の狂いもないレタリングが、自ずから生ずるもののように、音もなく現れたものである。製作依頼に訪れて、完成を待ちがてら父の仕事を見物していた人々は、しばしば目を見張るとともに、驚嘆したものであった。

レタリングに限らなかった。書の素養を身につけていた父の行書体看板は、その文字に内在する力、深み、堂々とした重さにおいて、わたしの知る限り他に類をみないものであったし、洒落た装飾的な看板を扱えば、そのデザインの卓抜とレイアウトの洗練は、群を抜くものであった。

そうした父の衰えを、いやが上にも認識させられたのが、わたしたちが住んでいた地区の自治会から依頼された、まちの地図看板の書きかえであった。まちの中心にある公園に掲げられた二メートル四方ほどのその看板は、正確な平面構成と美しいデザイン性、そしてあか抜けた色使いで、まちの——少なくともわたしの——自慢の種であった。七十を過ぎ、すでに事実上看板店を廃業していた父は、原看板の作製者として、その書きかえを依頼されたのである。その時の父が、どのような気持ちでこの仕事を引き受けたか、直接確かめる機会はなかった。ただわたしが覚えているのは、製作に取りかかってまもなく父が漏らした、呻《うめ》きにも似た深い嘆息である。

「どうもうまく描けないなあ……」

その時の父の、戸惑い、身を縮めるように首を傾ける小さな背中を、わたしは忘れることができない。あらゆる看板の製作において高い技量を示し、自他共に認める第一級の職人であった父が、みずからの「腕」の喪失に、残酷なまでに直面した瞬間であった。

それはわたしにとっても、ひとつの衝撃であった。幼少の頃から父の技術に親しんできたわたしにとって、父の技術は父の存在と不可分のものであり、それは父がある限り消滅するはずのないものであった。父の技術は、あの父の厚い手と同様に、父そのものであると思われた。父とはあの強靭《きょうじん》な人格であり、あの人間業とは思えない技術であった。

その父の技術が、今父の前で、そしてわたしの前で、無残にも解体してゆく。信じられないことであった。しかしわたしは、思い違いをしていたのである。父は、技術そのものではなかったのだ。父はわたしと同様、まったくの徒手空拳でこの世に生まれてきたのであり、父の技術は、素裸の父が数十年にわたる営々とした努力によって身につけてきた、外部的な属性だったのである。

晩年の父の、痩せてほっそりとした手を見つめながら、姉と話したものである。

「お父さんの手って、すごく厚みがあったのに、こんなに細くなっちゃって……」

「うん。僕たちは親父の手がもともと分厚いものだと思っていたけど、そうじゃなかったんだ。あれはすべて、つくられた筋肉だったんだ」

父の技術は、父の筋肉と同様に、老いによって剝落していったのである。

平面を美的にデザインし、文字をバランスよく配置する職人的な構成力。看板の性格や顧客の要求に応じ、使用する色合いを微妙に調節する豊かな色彩感覚。筆を自在に操り、穂先のあらゆる微細な動きを可能にした神経と筋肉。父の技術は、それら看板職人に要求されるすべての要素を、人工的に統合することによって成り立っていたのだ。父は、それらの諸要素を統合していた、ひとつの「力《フォース》」であった。そしてそれらは、父の老いとともに、ゆるやかに解体し、父から離れていった。

父が最後に書いた地図看板は、今も地区の公園の一隅に立っている。それは、全盛期の父の、際だった腕の冴えとはほど遠いものである。平面は崩れ、書体はゆがみ、看板全体が、父の苦しみで悶えているように見える。

無論わたしは、父の完成度の高い無数の看板に、誇りと敬意をもつ。しかしわたしは、父にとって唯一不本意であったろうこの看板に、父の人間らしいぬくもりを感じ、親しみに満ちた愛着を抱くのである。

三

父の老いを考えるとき、忘れることのできないもうひとつの出来事がある。それはとりもなおさず、わたし自身の反抗であった。そしてその反抗は、父の長い人生そのものと、深いつながりをもつものだったように思われる。

大正六年生まれの父は、明治の血を受け継ぎ、太平洋戦争を身をもって経験した、いわば戦前の人間であった。明治の人間であろうと、大正の人間であろうと、いろいろなものの見方、考え方をもった人間がいたことは、確かである。戦前の人間であっても、高い教育を受け、時代の閉鎖的な精神からは自由な人々も、少なくはなかった。

しかし父は、地方の農村の、しかも貧しい農家に生まれ、そうした高い教育や、都市的で先鋭な社会意識とは、無縁な人間であった。祖父は、日露戦争に砲兵として出征したという生粋の明治人で、軍服に身を包み、勲章を胸にした、堂々たる遺影が残っている。その息子である父は、日本の軍国主義を疑うことなどなく、ただひたすらな愛国心をもって、大陸に出征したのだ。

いかに戦前の人間であろうと、あの太平洋戦争の敗戦が、彼らの価値観を根底から揺るがしたことは、想像に難くない。天皇を絶対とする皇国史観と、それに基づく急進的な国粋主義は、一夜のうちに瓦解し、かわってアメリカ仕込みのデモクラシーと自由主義が、怒濤のように押し寄せる。

終戦を兵士として中国大陸で迎えた父が、そうした日本史上の暗黒の一時期をどのように迎えたかは、知る由もない。大陸からの引き揚げは、騒然とした混乱、突如目標を失った虚脱、将来への救いようのない不安のうちに、行われたであろう。そこではおそらく、あまりにも大きな現実の転換を前に、ほとんどの兵士の思考は、停止したも同然だったにちがいない。

そして再び帰った祖国で、父は何を見たのだろう。焦土と化した都市を見たのか。敗れてなお変わらぬ山野を見たのか。

しかし何よりも絶望的な変化は、人心の変化だったであろう。昨日までの国粋主義者が、今日は民主主義の怪しげな喧伝者《けんでんしゃ》となる。昨日まで国のために命をかけていた兵士たちが、今日は巷間《こうかん》のならず者となる。正しかろうと正しくなかろうと、一国を支えていた一つの道義が地に堕ち、人心は荒廃し、社会は頽廃を極める。

その闇の中を、父はどのように生き、乗り越えてきたのか。気がつけば父は、故郷を離れ、山を隔てた湖のほとりに住み着き、そこで新たな家庭を築いていた。二人の娘が生まれ、やがて息子が生まれた。

父にも社会主義を支持していた時期があると母から聞いたのは、わたしが成人して後のことである。あの保守的に謹厳な父が、と意外な想いを抱いたものであった。父には父なりの、思想の遍歴があったのだろう。それは、当時のある日本人たちには、避けて通ることのできない深い迷路のようなものであったにちがいない。

父もいったんは、戦前の自分を棄てたのかもしれない。しかしそれは、一時のことであった。まもなく父は、かつての思想にもう一度回帰したのである。その間の消息は、わたしにはさだかでない。しかしそれは、父が生まれたときから背負っていた、一つの人生的な問題との関係があるのかもしれない。

父の人生的な問題とは、家庭的な幸福の問題であった。父の父、すなわちわたしの祖父は、父の郷里の地主の長男として生まれた。しかしまもなく、どういう事情かはわからないが、両親、すなわちわたしの曽祖父母が離婚し、曽祖母は家を出てしまう。曽祖父は再婚し、先妻の子である祖父は、名古屋の地主に養子に出されたのである。しかしその縁組先で、祖父は請け判によって財産をなくし、郷里に舞いもどり、曽祖母の墓が見える土地に家を買ったという。母親と生き別れた祖父にとって、母への思いは、断ちがたいものがあったのだ。

その家で生まれた父は、財産を失った貧しい農家の次男として、家の再興のために、幼少時から家業を手伝い、長じて妻をめとり、一子をもうける。わたしの異母兄である。しかしその結婚も、失敗であった。曽祖父母に続き、父も離婚することになった。

父にとって、三代にわたって続く家庭の悲劇は、看過することのできない問題であった。この忌まわしい運命を、どうしたら乗り越えることができるのか。それは、再婚して新しい家庭を持ち、意識の表面からは消し去られていても、心の奥底に深くわだかまり続ける問題だったにちがいない。

そうした父が再婚後まもなく出会ったのが、道徳性を至上価値とする、ある教学であった。すなわち、ひとの運命を決するのは、その人間の道徳性であり、徳性の向上によってのみ、ひとは己の――ひいては家族の――運命を改善することができる。そして、そうした徳の体系の中核に位置づけられていたのが、伝統の尊重であり、それは家庭においては祖先崇拝であり、国家においては天皇を中心とする歴史観の承認であった。

こうした思想を、自らの人生の指針として選んだ父の内面の径路は、父が直接わたしに語ってくれたものではない。これはあくまで、いろいろな折に父がわたしに話してくれた断片から、わたし自身が想像する道筋にすぎない。父は、自らの内面を人に語って聞かせるタイプの人間ではなかったのである。

無論、そうした家庭的な問題以外にも、父を保守的な態度にもどらせる様々な要素があっただろう。戦争という、文字通り命をかけた極限の経験をもつ人間は、その経験を世界史的に誤ったものとして、自ら軽蔑することができるのであろうか。あるいは、友を戦場に失った人間は、友の死が無意味なものだったと、軽々に容認することができるのだろうか。

戦前から戦後にかけて生きた人々の多くは、この断絶に何らかの形で折りあいをつけねばならなかったはずである。そしてその父なりの結着が、この回帰であったといえるかもしれない。

ともあれ父の戦後は、この保守的に道徳的な態度の選び直しから始まったといってもよい。そしてそれは、新しい家族、母や姉やわたしとの生活の、出発点でもあったのだ。それからの父に、まったく迷いは感じられない。看板職人としての職業生活と、自分と家族のために徳を積み続けるという求道的な生活に、父の後半生は捧げられたといっても過言ではないのである。

そしてこの、父の後半生のまさに出発点に、父とわたしとの対立の芽が胚胎《はいたい》していたことに、今わたしは、痛惜の念を禁じえない。わたしは父の後半生を見てきた。そしてそこに、まぎれもない誠実と、疑いようのない家族愛があったことを認める。にもかかわらず、わたしはその父の思想、生き方の中心に反抗したのだ。

父は最初の妻との離婚後、当時中学生だったわたしの異母兄と暮らしていた。そしてこの異母兄を連れて、母と再婚したのである。二人の娘に続き、わたしが生まれるとまもなく、異母兄は上京していった。

残された二人目の息子に、父はどのように接したのだろうか。幼い頃、非常に厳しかった父の面影の一方で、何も言わずにわたしの下の世話をする父、近くの川に、高原に、家族を引き連れてドライブをする父、わたしを胡座《あぐら》の中に抱いて、思う存分甘えさせている父の姿が、とぎれとぎれに浮かんでくる。厳しかったが、冷たくはなかった。父は新しい家族を、愛していた。

父とわたしが最も近い距離にあったのは、わたしが小学生の頃だったであろう。父は野球が好きだったわたしのために、家の玄関の入り口、父の仕事場の脇にネットを張り、わたしが思い切りボール投げをできるようにしてくれた。休みの日など、一時間も二時間も、ネットの真ん中にすえられた厚板めがけて、力一杯《いっぱい》ボールを投げ続ける。父はボールが厚板にあたるやかましい音の繰りかえしを聞きながら、仕事をしていた。しばしばわたしの投げたボールはネットをはずれ、向かいの家の窓ガラスを直撃する。何度割っても、父はけして怒ることなく、隣家に謝りながらガラス代を弁償していた。

元気な我が子を見るのが好きであった。スケートが好きだったわたしは、近くの山の中のリンクに、よく連れて行ってもらったものである。質のよい氷で知られていたそのリンクの、鏡のような氷の上を、わたしは夢中になって、何周でも、何十周でも回り続ける。父は、遥かに離れた土手の雪の上で、腕組みをしながらわたしを見ている。わたしは滑りながら、何度も何度も父を振りかえる。いつ振りかえっても、父はわたしを見ている。そしてその度に微笑んで、何度もうなずいてみせる。何度振りかえっても、そうであった。こども心にも、信じられないくらいであった。お父さんは、ずっとああやって僕を見ているんだろうか？

父が厳しかった、あるいはむしろ怖かったということは、母をはじめ家族全員が口をそろえるところである。しかし思い起こせば、父に怒られた記憶は、意外に少ないことに気づく。あるいはむしろ、けして頻繁なことではなかっただけに、数少ないその経験が、鮮烈に記憶に刻みこまれているのかもしれない。

わたしが父に怒られた最初の記憶は、おそらくわたしが三歳になる前のことだったと思う。常々父の仕事場に立ち入ってはいけないと言われていたらしいわたしは、日頃の訓戒がよくのみこめていなかったのだろう、何かの拍子に、ついふらふらと父の仕事場に入りこんでいった。気がつくと、父の大きな体がわたしの上に覆いかぶさっている。次の瞬間、どちらかの頬を、したたかに殴られたのである。激しい痛みであった。耳がびーんとしびれた。嗚咽がこみ上げてきた。しかしわたしは、恐ろしい父を前にして、声を上げることができなかったのだ。わたしは、こみ上げる嗚咽を必死で抑えながら、よろよろと母のところまで歩いていった。そして母の胸に顔を埋めて、声を殺して泣いたのである。

父の仕事場は、塗料を溶かすシンナーや灯油、吹きつけに使うコンプレッサー、大工道具や刃物など、幼いこどもにとって危険なものだらけであった。そこにこどもを近づけることはできない。言ってだめなら体罰に訴えても、危険を悟らせねばならない。そういう判断が、そこには働いていたのだろう。

実をいえば、父がわたしの記憶に現れる最初の場面が、この場面である。そしてそれ以来、父はわたしにとって、何よりもまず怖ろしい存在となったのだ。

だがしかし、それ以後小学校に上がるまで、父に怒られた記憶は、あまりない。次の記憶は、小学校の二、三年の頃だろうか。その場面には、母と長姉がいなかった。わたしは、父と次姉の三人で、夕食を食べていた。その日のおかずは、わたしの好物であった。わたしは自分のおかずを平らげると、まだ残っている三つ違いの次姉の分もほしいとせがんだ。次姉が何か言う前に、

「京子だって食べたいんだ」

という父に、なおもわたしはくい下がったように思われる。短い言葉のやりとりの後、わた

しは暗い玄関の外につまみ出された。

そこまでは、よくある話である。悪いのは、ここから先であった。家の外の暗がりに放り出されたわたしは、暗闇の恐怖に、泣きながら狂ったように玄関の窓ガラスをたたき続け、挙句の果てに、とうとうそのガラスを割ってしまったのである。父が出てきた。怒られた上にまた怒られるに違いない、そう思ったわたしは、

「僕じゃない、僕じゃない」

と言い張ったのである。まったく言い逃れようのないことを、わたしは頑強に主張し続けた。しばらくの後、父は押し黙り、追及をあきらめたかに見えた。

翌朝重苦しい気分で登校したわたしは、夕方帰宅して、目を見張った。玄関のガラスは割れたままで、そこに大きな張り紙がしてあったのである。

『このガラスは譲《ゆずる》が割りました』

わたしが恥じ入ったのは、いうまでもない。そして自分の恥ずかしさ以上に、その日一日そうやって張り紙を出し続けていた父の気持ちに、胸が痛んだのである。恥ずかしかったのは、父の方ではなかったか？

父がどんな意図をもって、そうした行動に出たのかはわからない。しかしこの記憶は、その後永くわたしの記憶にとどまることとなった。父は、結果を怖れるあまり事実を歪曲《わいきょく》するというわたしの態度に、ある本質的な危険を見ていたのではなかろうか。そしてこの、自分の利害

を離れて事実だけは認めるという姿勢は、その後現在にいたるまで、わたしの基本的な態度となったのである。

父に怒られたもう一つの思い出は、この出来事の少し後のことである。家中で夕餉の食卓を囲みながら、わたしは一日の出来事を、得意満面に話していた。その日わたしは、近所の友達数人と、空き家になっていた隣家の庭で思う存分ボール遊びをし、何かうきうきとした気分であった。

「それでさあ、よっちゃんったら、変な方にボールを打って、森岡さんちのガラスを割っちゃったんだよ——」

黙って聞いていた父の頭が、にわかに重くなったように感じられた。わずかな間をおいて、父はうつむいたまま、押し出すように言った。

「よっちゃんがガラスを割らないようにするのが、お前の役目じゃないのか」

楽しい話に単純に同調してくれるものとばかり思っていたわたしは、啞然《あぜん》とした。と同時に、その瞬間、同情すべき友人を、かえって嘲笑していた自分に、気づかされたのである。それだけではない。楽しければよいとばかり思っていた遊びの世界にも、何かそれを超える配慮が求められうるということ、何かわたしが知っている世界以外の世界があるということを、おぼろげながらも感知させられたのである。

父に怒られたいくつかの記憶には、このようにどこか倫理的な匂いがまとわりついている。

怒られたというよりは、叱られたといった方がよいのかもしれない。長じてそうした記憶を反《はん》芻《すう》するたび、わたしは父の倫理的感性の鋭さに、しばしば舌を巻いたものである。

この頃の父とのもう一つの思い出は、風呂場での会話である。わたしはこの頃、いつも父と一緒に入浴していた。風呂場のもうもうと立ちこめる湯気の中で、親子で背中を流しあいながら、束の間の会話を楽しむのである。普段口数の少ない父が、風呂場ではいつも多弁で、わたしはもっぱら聞き役にまわっていたのだが……。

そうした会話は、何百回と繰りかえされたであろうにもかかわらず、いつも同じ主題の周辺をまわっていたように思われる。すなわち、なぜ日本は先の大戦を戦うことになったのか。戦前の日本が、どんな窮地に陥っていたか。そうした日本に対し、米英がどのような態度をとったか。父が中国でB-29の爆撃を受けたとき、父と同僚の兵士は、爆裂孔に飛びこんで難を逃れたこと。爆裂孔から出てきたら、中国人たちの手足や首が散乱していたこと。そこから気が狂ったように、一直線に部隊まで逃げ帰ったこと。戦闘機の機銃掃射の弾は、親指ほどもある。終戦を天皇は、どのように決断したか。天皇は、その無私な態度によって、いかにマッカーサーを感激させたか。アメリカが、いかに日本の復興に尽力したか。それに引きかえ、日ソ中立条約を一方的に破棄し、満州に侵攻したソビエトは？　共産主義は、いくら働いても相当に報われることはない。そんな理不尽があるか？

こうした主題をめぐって、父の話は尽きることがなかった。すべてがわたしの想像を超えた、途方もなく大きく、遠い話であった。それでもわたしは、ただ無心な驚きをもって聞き、うなずき続けた。

四

父と子の関係というものは、常に変わらないものではない。それは、こどもの成長とともに、少しずつ変化してゆくものである。

わたしと父の場合も、例外ではなかった。わたしが中学生になった頃から、父の姿は、徐々にわたしの身辺から遠ざかってゆく。といっても、父の濃密な情愛が、薄くなったわけではない。そこにはわたしに対する無関心などなかったし、わたしに降りかかってくる様々な出来事――よいことにせよ、悪いことにせよ――をともに喜び、あるいは心配してくれる父の姿はあったのである。しかし父は、なぜかわたしに向かって踏みこんでくることがなくなった。ひとつには、わたしの世界が父から自立しつつあったのだろう。と同時に、父自身もまた、何かわたしに遠慮しはじめていたように思われる。

少年時代のわたしは、自分の肩越しに父の息吹を感じ、働く父の傍らで、父と同じ目線で世界を見ていたように思われる。わたしの周りにあるのは、たくさんのペンキの缶や大小様々な筆、定規やコンパス、ピンセットといった小物類、電動ノコギリや投影機などの電気機器類のほか、塗料の溶液として使う灯油やシンナーの匂い、コンプレッサーのけたたましい回転音、などであった。父の仕事場に限らず、遊びの場においてわたしが相手にしていたのも、太陽であり、風であり、土であった。様々な昆虫や、フナやワカサギなどの魚類も、わたしの遊び相手であった。そうした直接目で見、手に触れることのできる舞台の上で、わたしの世界は幸福に完結していたのだ。

少年から青年への移行は、ある意味で、こうした直接的で潤色の世界から、より間接的、抽象的な灰色の世界へ移ってゆくことでもあるだろう。わたしの関心は、父や母、同年齢の遊び友達から、自己の内面や社会、理想や理念といったものへと移っていった。そしてその過程でわたしを取り巻いていたのは、教室、黒板、教科書やノート、そしていくつかの書物であった。

人生のこの時期は面白いもので、自分の身のまわりにある直接的な世界は、むしろ目に入らないのである。つかみ所のない己の内面や、見たこともない遠い世界の出来事、実体のない観念こそがすべてとなり、現前する家族や家の周りの風景は、それらの抽象的な思念の背景に退いてゆく。身近にあるものほど、遠くなるのだ。

そうした、いわば現実世界の座標軸のない真空状態の中で、わたしは空疎な観念や時代の風潮に翻弄されて、徐々に自分を見失いつつあった。昭和四十年代の終わり、高度成長をへた日本の社会は、「高度成長後」の未知の世界に向けて、不気味な圧力に支配されながら流れ続けている。戦後を支配した一つの価値の体系、貧困と挫折を起点に、東西世界の緊張の中で育まれた思潮に、亀裂が入りはじめた時代であった。そうした中で、わたしとは何か、わたしはどこへゆけばいいのか、その指標が失われたのである。わたしは焦った。同年の友たちは、青年を社会へ押し出してゆく目に見えない奔流の中を、次々と流されてゆく。己の行き先をはっきりと見定めていた者も、そうでない者もいただろう。先が見えていようがいまいが、若者たちそれぞれの都合などお構いなしに、川は流れてゆく。意識した目的地にたどり着けるのは、様々な条件と幸運に恵まれ、かつ相応の努力をした、ごく一握りの青年たちにすぎない。わたしは本当の自分を見いだせない。そして、社会に出てゆくにあたって、自分がなるべきもの、なすべきことがわからない。わたしのそれまでの人生と生活の延長上に、未来が見えないのである。

そうした危機にあるわたしを、父はなすすべもなく見ていたように思われる。いや、父はわたしの危機に、気づいていたのだろうか？　わたしはただひとり悶々とし、誰にも己が心の内を明かさなかった。もちろん父にも、である。父は、この上なく親しい存在でありながら、同時に冒すべからざる権威であった。息子が己の脆弱《ぜいじゃく》な内面をさらし、率直に助けを求めうる相手ではなかったのである。それでもなお話さなければ、父にはわからなかったのだろうか？　多忙な仕事のほかに道徳普及運動に明け暮れ、その上いくつかの公的な役職を担っていた父は、多忙に過ぎたのだろうか？

今となっては、それらはすべて答えを得ることのできない空しい問いかけである。しかしこの頃の父の沈黙は、わたしには理解できない。青春の混迷のうちに生気を失い、目標を失って頽廃してゆく我が子に、あの鋭敏な父が気づかないはずはないのである。

今わたしは思う。実はあの父の沈黙には、父自身の深いディレンマ、戸惑いが隠されていたのではなかったか、と。父はすぐれた職人であり、強い信念を持った人格者であった。しかしその父のあり方、確立した思想そのものが、社会を前にして立ちすくむ息子に、生きた助言を与えることを阻んでいたように思えるのである。

父は職人であった。看板職人として最後の職人であったといってもよい。なぜなら、父の時代にすでに、看板製作の機械化は進みつつあり、父自身が、自分の腕で獲得した技術と、現代の産業科学の所産である様々な装置を使い分けながら、仕事を成り立たせていたからである。父の時代には、まだウエイトは「手」にあった。しかし父の職業人生の終盤には、すでに重心は「装置」の側に移りつつあったのである。息子は、そうした時代の先端を生きてゆくことになるだろう。終わりつつある時代のひとりの代表者としての父は、息子を古い時代につなぎとめることはできない。

そしてまた、父は己の腕一つで生きる人間であった。かつて我が国、いや世界は、実に様々な仕事に従事する職人たちであふれていた。そこには職人一人一人の内に蔵された確かな技術と感性、そして独特の道徳規準があり、仕事をする職人たちの尊厳は、それぞれに輝いていたのである。しかし時代は、急速な工業化を達成しつつある。息子はおそらく、高度に発達した産業社会の中で、個人としてというよりも、組織人として生きねばならないだろう。そうした息子に、自分の生き方、経験、モラルは有効だろうか？　何より父は、産業組織や官僚組織自体を、知らなかったのである。

そうした職業的な父のあり方とは別に、思想的な問題もあったであろう。戦前から戦後を生きた父は、深刻な思想的断絶の中で、戦前の思想に回帰することで、己がアイデンティティを確保してきた。それは、戦前を血肉として生きてきた人間にとって、許されるべき一つの選択肢であったろう。実際そうした選択をしたのは、ひとり父ばかりではない。硝煙の余韻が残る終戦直後のニヒリズムの中で、急激な価値観の転換を拒否し、かつて自分たちを養ったものの見方、考え方を選びなおした人々が、日本中にいたのである。父もその一人であり、父はその決断を疑ったことはなかっただろう。しかし同時に、戦後時間がたつに従って、かつての日本がここまで変化するとは、けっして考えていなかったのではないか？　昭和二十年代から三十年代はまだよい。しかし四十年代以降の日本は、父の予想をはるかに超えていたのではないか？　そうした中でも、父は己の態度を頑固に守り続けた。だが実際は、心の隅のどこかで、自分と戦後社会との、あきらかな齟齬《そご》を感じとっていたのではなかったか？　息子はそうした時代の子として、自分の手を超えて流されてゆく。もはや川の遥か下流を流れてゆく。流されることを拒否した自分が、息子を道連れにすることができるだろうか？

寡黙な父は、何も語らなかった。すべては憶測であり、わたし自身の物語である。

自分が落ち込んだ穴蔵から自力で脱出することができなかったわたしは、やがて時間の助けを借りて、広大な関東平野の一隅にある、小さな地方大学に進んだ。それは「進んだ」というよりも、わたし自身の暗鬱な悩みがたれ込める故郷を、這々《ほうほう》の体で逃げ出したといったほうがいいかもしれない。

大学のあるまちは、わたしの見慣れない家並み、見知らぬ顔つきの人々、今まで触れたことのない空気をもったまちであった。大学から二十分も歩けば、遥かに横たわる雑木林や様々な畑作物の淡い緑に覆われた、見渡す限りの田園の中を、遠く那須の山地に端を発する那珂川が、鈍い鉛色に光る巨大な蛇のように、悠然と水を湛えていた。

このまちでわたしは、自分を立て直してゆくことになった。毎日の勤めも、一日の大半を埋めつくす講義もない気楽な身分のわたしは、時のたつのも忘れて関東の田野に遊び、あるいは徳川家以来の伝統の面影が残る街並みの中を、あてどなくさまよった。晴れ渡った五月のある昼下がり、迷い込んだ閑静な墓地には、立ちこめる香の煙の中に、このまちの歴史の動乱を証《あかし》する幕末の志士たちの墓が、無言のうちに並んでいた。更けゆく秋の日の夕暮れ、下宿近くの神社の境内で、樹齢七百年を越える巨大な銀杏の、今まさに暮れなずむ闇に没しようとする黄金色の樹冠を見つめながら、わたしは言葉を失って立ちつくしていた。

父も母も、まして遠い郷里の風景も、わたしの脳裏からは消え去っていた。無限の時間と空間が、我がものとなったように思われる。わたしは何も沈殿していない純白の精神の奥底で、すべてを考えはじめた。わたしとは何か。わたしはこの世界を、どう理解したらよいのか。わたしの行き先は？

無論わたしは、まったく素手のままで、いたずらに彷徨するままに、これらのことを考えはじめたわけではない。受験という切迫した目標もないままのんびりと始まった教養課程の講義や、新しくできた友人たちとの交際、大学のテニスコート脇に立つ大きな欅が見える四畳半の下宿での様々な本の耽読、それらを通じて得たわたしにとって何物にもかえがたい新鮮な知識を手がかりとしながら、考えはじめたのである。

認識というものは、ある成熟を必要とするものなのだろうか。それとも単に、高校時代までのわたしが愚かに過ぎなかったのか。かつてあれほど重苦しくわたしにのしかかっていた様々な疑念は、たちまちのうちに雲散霧消していった。かつての自分が、澄明な光の下で、手のひらの小人のように透視される。わたしの視界を覆っていた不透明な社会は、歴史学や社会科学の方法によって、解体された玉手箱のように、その秘密をさらしてゆく。

そうした発見の日々は、解放そのものであり、喜びそのものであった。鳥のように身軽になったわたしは、古今東西の書物を読み漁り、友人たちとの自由な談論に、夜が更けるのも忘れた。

そうした時期のわたしを父がどう見ていたか、どうしても思い出すことができない。年に何回か、長い休暇を利用して帰省する。そこで当然父との会話もあったはずなのに、まったく覚えていないのである。

先に大学や専門学校での生活を終えた姉たちにならって、わたしも頻繁に家に葉書を書いた。散歩の途上見かけたことや、大学生活の断片などを、細々と書き綴ったのである。しかしその報告は、徐々に間遠くなっていった。怠けていたわけではない。書けなくなっていったのだ。

己を凝視し、人間と社会の奥深い構造に思いをめぐらすことは、すなわち、それまでの自分の思考を枠づけていた様々な前提を破壊し、自分そのもの、社会そのものを相対化してゆくことである。そこには地縁も血縁もない。あるのは感情を超越した認識であり、事の善悪を措いた観照である。

自分がなぜあれほど悩み、混乱し、行き詰まってしまったのか。その問いかけの向こうには、自分自身の過去があり、生い立ちがあり、わたしを育んでくれた家庭があり、そしてわたしとわたしの家族が対峙せざるをえなかった社会がある。家族には、家族の歴史があり、家族の歴史は、より大きな地域や社会の歴史の中にからめとられている。

それらのことにわたしが気づくのに、そう時間はかからなかった。思考はあらゆる小枝をさかのぼり、より太い幹、存在の始源に向かって流れてゆく。その歩みは、一度始められたら、止むことがない。わたしの問題は、父の問題や母の問題、祖父母たちから日本の近現代史まで遡ってゆく。

そこでわたしは、父と出会ったのである。父の思想、父の生き方は、今あらためて息子が見つめ直す。そこには理解があり、批判があり、共感があり、留保がある。長い検証の末、わたしはわたしなりに、父を理解した。そこには父の苦しみがあり、限界があり、努力があった。オーケーお父さん、よくわかった、ありがとう。

しかし問題は、その先にあった。わたしはわたしなりに父を理解した。だがいうまでもなく、理解することと、同じように考え行動することは、まったく別のことなのだ。認識は思惟の問題であり、ある程度までは自由である。しかしその上にたって、自分がどう生きるか、何を信ずるかという思想の問題は、けっして自由ではない。それは経験に支配され、価値観に制約される。

父は父の時代に生き、その経験に血肉を与えられてきた。時代はそれぞれに無二の個性を持ち、その時代の子らに特有の相貌を与える。わたしは父を通じて、わたしが生まれる以前の社会、その空気を知っている。それは明らかな痕跡として、わたしには感じられる。それは父のあらゆるものの見方と行動に、確かな陰影を与えている。そしてそれは、異なった時代と社会に育ったわたしに、微妙な感覚のズレ、違和感を感じさせる。仮にわたしが父と似た性質と性向をもって生まれたとしても、異なった海に育った稚魚は、異なった成魚として成長するだろう。

わたしは父の思想と生き方の多くを、正しいと思った。しかし、すべてではない。どうしても異なった立場に立たざるをえなかったこと、それは歴史観である。

父が皇国史観をもたざるをえなかったことを、わたしは理解する。だがわたしは、戦後に生まれ、戦後社会に育てられた人間として、同じ史観をもつことはできない。わたしにはわたしの経験があり、そこから自ずと生ずる価値観の上にしか、立てないのである。

自分が父とは異なる歴史観、社会観しかもてないことを意識しはじめた頃から、わたしは父の前で自然に振る舞うことができなくなった。父とわたしの間には、根本的な意見の相違がある。その深い懸隔を放置して、上辺だけの同調をすることはできない……。

屈託のない葉書は、次第に文章が滞りがちな、どこかぎこちないものになった。たまに帰省しても、わたしは以前のように自然に父と向き合うことができない。久しぶりに共にする夕餉の食卓も、重くうつむき加減となる。

父はそうしたわたしの変化を、どのように見ていたのだろうか。わたしに父の顔を見つめる余裕があれば、そこにはっきりとした困惑を認めることができただろう。しかしわたしは、自分の感情だけで手いっぱいであった。わたしは父の顔を見ていなかった。その証拠に、その頃の父の面影は、ほとんど記憶にないのである。

職人の常として、父は知識人というものを、軽蔑する傾向があった。単に父が昔気質の頑迷な職人だったというわけではない。わたしが見る限り、父は聡明な人間であった。それは父が語る言葉によってではなく、父の行動と生活からわかることである。いやむしろ、父が語るけして多くはない言葉からも、それは察せられた。数少ないが、的確な言葉。そこには無駄はなく、軽薄がなく、空虚もなかった。知識そのものさえも、けして乏しくはなかったといえる。

父が軽蔑していたのは、歴史的、経験的、生活的、肉体的な基礎をもたない、言葉だけの知識であった。職人というものは、己の手の技がすべてである。職人としての技術の修得にも一定の知識が不可欠なのは、いうまでもない。しかし知識だけでは、技は成立しない。人をして職人たらしめるもの、それは無限の反復であり、修練である。そして職人は、己が技術の修得を、論理的に説明することができない。それは数限りない繰りかえしの果てに、ある日気がつくと身についているものなのだ。そこには言葉で説明しようがないある飛躍、不連続がある。技術、技というものは、知識や言葉を超越したところに存在しているのだ。技術そのものが、内実のない言葉を拒否する。

そして同時に、やはり多くの職人がそうであるように、父は情の人であった。父が生きてきた戦前・戦中史は、父と同時代の人々の血をもって贖《あがな》われた歴史である。よかれ悪しかれ、それは日本史のひとつの到達点だったのであり、ひとつの民族がその必然的な歴史的道程の末に逢着《ほうちゃく》した悲劇だったということができる。その民族の真実は、戦後いとも簡単に否定され、道端にうち捨てられる。帝国主義、民主主義の名の下に、無数の人々の血をもって贖われた歴史は、一刀両断に裁かれる。情の人である父は、その理不尽を許すことができない。その不当な裁きの武器となったのが、経験から遊離した言葉であり、概念であった。

父はそうした知識を操る人々を軽蔑し、嫌悪した。テレビに学者や評論家が登場し、何かの事件や事柄を論評するたび、父はいまいましげな舌打ちを鳴らしたものである。少年のわたしは、そんな父を、ただ不思議そうに見つめていた。

父がわたしを入れた大学というところは、そうした知識人たちの、いわば総本山である。そこで息子がどんな教育を受けることになるのか、父は考えていなかったのだろうか？　そこで息子が獲得することになる知識、受けることになる影響は、当然予想されたはずである。それとも父は、かつて風呂場で息子にした己が教育の力を、信じていたのだろうか。

息子が以前とはまったく異なった面持ちで帰省してきたとき、父がどんな気持ちでそれを迎えたかは、想像するに余りある。かつて素朴な愛情と信頼で結ばれていた親子は、今や決定的な隔絶のもとに対峙することとなった。

わたしは躊躇していた。考えれば考えるほど、勉強すればするほど、わたしの立場は明確になってゆく。すなわち、父から離れてゆく。葉書はほとんど書かれなくなり、繰りかえされる帰省の中で、父とわたしとの間の沈黙は、ますます重いものとなっていった。わたしは父に、自分が考えていることを表明しなければならない。しかしその表明は、父を深く傷つけるだろう。わたしは父の思想がいかに父の人生そのものと密接に結びついているか、本能的に知っていた。父の思想にわたしが異を唱えることは、父の人生そのものに深い打撃を与えることになりはしないか？

父は息子の沈黙を、苦痛とともに耐えていたであろう。ある日突然訪れた息子の態度の変化。沈鬱な空気。それは日を追うごとに深くなってゆく。そしてそれが何を意味するかは、父にも予感的に感じられていたに違いない。

大学入学直後の解放感は、今やまったく影を潜めていた。かつてとはまったく違った悩みに、わたしはとらえられていた。わたしがとらわれていたのは、父との対立ばかりではない。青年に特有の、様々な悩みがあった。しかしここで問題とすべきは、卒業後の進路であろう。

多くの青年がそうであるように、わたしは明確な職業目標をもっていなかった。なりたいものがある人間、それは幸せである。それは天賦の才に恵まれているか、自己の性向を確信をもって自覚しているか、いずれにせよ人生に迷いのない者にのみ許されることである。

幼い頃は、喜ぶ父の顔見たさに、美大を出て父の跡を継ぐと言っていたこともある。それはわたしの成長とともにいつしか忘れられ、わたしは長い間目標を失っていた。学生時代は、己の人生を決定するこの問題をめぐっての、いわばモラトリアムである。高校を卒業して就職する人々は、高校時代のうちに、この問題に結着をつけねばならない。大学まで進んだわたしは、モラトリアムが延長されていたのだ。

わたしにとって大学進学は、閉塞感が充満していた郷里からの、脱出に過ぎなかった。郷里を出さえすれば何とかなる。わたしを駆り立てていたのは、その思いだけである。わたしの目は、外に向けられていた。

大学入学後も、その方向に変わりはなかった。今や故郷は、世界の中の日本の、そのまた小さな一地方に過ぎず、父や母は、そうした一地域に住む地方の人間として、広い世界の点景に過ぎなくなっていた。わたしが見ている地図は、山間の一地方のものから、波乱万丈の遠大な世界地図に変わっていた。

当初わたしは、この世界地図を眺めながら、自分の将来を夢見ていた。わたしが何をすることになるかはわからないが、とにかくわたしの働く場は、この地図にあらわされた平面上にある。それは無限であり、自由である。

大学入学以来外へ外へと拡がっていたわたしの意識に変化が訪れたのは、専門課程の三年になった頃だったと思われる。就職ということがにわかに現実味を帯びてきたとき、突然何かが、わたしの心を根底から突き上げるように、激しく揺さぶったのだ。

それは長い間意識の底に忘れ去られていた、古い記憶であった。それはおそらく、小学校に上がる前、三、四歳の頃であったろう。わたしは父が家を建てる前に住んでいた借間の裸電球の下で、父の胡座の中に抱かれていた。父は誰か父の友人らしい人と話をしている。その人の顔は覚えていない。記憶や夢の登場人物の多くがそうであるように、その人もまた、のっぺらぼうであった。幼子を大事そうに愛撫する父に、その人は言ったのであろう。

「いくらかわいがったって、今のうちだけですよ。いずれ大学にでも入れば、必ずどこかに行ってしまう――」

わたしが覚えているのは、そう言われたであろう父の、不思議な確信に満ちた言葉である。父は、膝の上のわたしを見下ろしながら、自分に言い聞かせるように言った。

「いや、この子は帰ってくる。きっと帰ってくる」

そう言いながらあやすようにわたしを揺すっているその感覚、肩越しに感じられた父の視線と息吹を、わたしはまざまざと思い出した。ふいにわたしは、郷里の方角を振りかえった。

父がなぜそんなことを言ったのか。それは、幼子を持つ親がしばしば抱く、何の根拠もない素朴な期待に過ぎなかったのかもしれない。実際父は、その後二度とそうした言葉を吐いたことはなかった。父はただ黙ってわたしの成長を見守り、わたしの将来を制約するようなことは、けっして口にしなかったのである。

たった一度の言葉が人の心に残り続ける、それもよくあることである。しかし口先だけの空疎な言葉であったなら、それはけっして人の心に刻まれることはないであろう。人の心に永く残るのは、必ずその人の何らかの真実が含まれた言葉である。

父のその時の言葉に真実がこめられていたとすれば、それは家を出ていった異母兄に関することではなかったか。わたしが生まれたことによって（そればかりではないかもしれないが）、異母兄は家を出ていった。父はそれを黙って見送った。離婚―再婚によって先妻の子が家を去るという図式は、祖父の時から繰りかえされた図式である。父は、家族に対する情に厚い人であった。その父が、どんな気持ちで異母兄を送ったか。父はそのことに関し、何も語らなかった。しかしその時の父の思いと、あの言葉の間には、どこかに深いつながりがあったのではないか？

一度思い出されたその言葉は、二度とわたしの脳裏を去ることはなかった。それはわたしの思いが故郷を離れようとするたびに、わたしの心の奥底で警鐘をかきならす。

『わたしを忘れないで！』

それはその記憶が、そう叫んでいるようであった。

高校の頃までのわたしには、とりたててなりたいものなどはなかった。しいていえば、弁護士になりたいと言っていたくらいである。それも、たまたま読んだ弁護士の自伝に若い正義感をかきたてられたことと、法律家という花形の職業に、あこがれを抱いたゆえに過ぎない。

それでもわたしは、法律を専攻できる大学に進み、そこで司法試験を目指すサークルに入った。しかしそこで法律家を目指すための勉強の実態を知り、弁護士の夢をあっさりと投げ出したのである。わたしには、考えねばならないこと、そのために勉強しなければならないことが、山ほどある。自分の人生に関係のない法律の勉強に費やす時間など、まったくない……。

大学に入って以来、様々なことを考えていたわたしは、そうしたわたしの探究を支えてくれる学問というものに、惹かれはじめていた。とりわけ、父のことを考えるときわたしの念頭にあった思想という問題が、わたしの関心の中心であった。わたしは思想史を専攻し、その魅力に徐々にとらえられつつあった。

本当の充実をもって携わることができるのは、この思想史の追究である。そのためには大学に残って、学問を己が職業としなければならない。郷里に帰ることは、己の職業人生を、放棄することである。

父との対立、自分の将来に対する迷いは、そのほかの様々な問題とあいまって、徐々にわたしを追いつめていった。夏の日差しが容赦なく照りつける国道に立って、熱したアスファルトの上を行き交う車を見つめながら、頬をなでる風に冬のような乾いた寒さを覚えたあの日。憔悴しきった体をひきずるように散歩しながら、路傍の花の、その花弁に見入ったとき、花とわたしの世界が逆転し、今にもその花弁に吸い込まれるような錯覚にとらわれ、己が精神の破綻の予感に怖れおののいたあの日。それらの日々を、わたしは忘れることができない。あの頃のわたしは、まったく笑顔を失っていた。

様々な悩みがからまりあい、ますます錯綜してゆく中で、わたしは逡巡を重ねていた。自分の考えを、父に話さなければならない。それこそが、すべてに優先さるべき関門である。だがそれは、父を傷つけるだろう。父を思う気持ちが邪魔をした。しかし、障害となったのは、それだけではない。わたしは父が、怖かったのだ。

物心ついたころから、父は愛すべき存在であると同時に、この上もなく怖ろしい存在であった。その畏怖の根には、かつて仕事場に入りこんでしたたかに殴られた、あの遠い記憶があるのかもしれない。ひとは、幼い頃のそうした記憶を、心の奥深くに抱えながら成長してゆくのだろう。二十歳を過ぎていたわたしは、二、三歳の幼児が抱く恐怖心をもって、父と対峙していた。知識をいっぱい詰めこんで頭は早熟していながら、心の底は幼児に過ぎなかった。

父を愛する気持ちと、父を怖れる気持ちのコンプレックスの中で、刻一刻と時は過ぎてゆく。帰省が繰りかえされ、父とわたしの間の沈黙は、ますますその闇を深める。その頃の父の顔を、思い起こすことができない。父は、待っていたのだろうか？　それとも……。

わたしの気持ちを決めるポイントとなったのは、ごくシンプルな命題であった。わたしが己を主張すれば、父を傷つけるだろう。しかしわたしが対立を避ければ、わたしは生涯父に阿諛《あゆ》追従《ついしょう》する者となる。対立すれば、何か大切なものを失うかもしれない。しかし追従すれば、父はわたしを軽蔑するだろう。軽蔑するしかない息子を、父は望むだろうか？

何年か続いた逡巡の果てに、わたしは父に手紙を書いた。長い手紙であった。何を書いたのか、細かいことは覚えていない。ただそれが、皇国史観をはっきりと否定したものであったことは、確かである。それだけではない。わたしは父の中でわたしが納得することのできないことのすべてを、吐き出すようにそこに書いたのだ。

父は何も言わなかった。その手紙の返事は、まったくの沈黙であった。父がそれを読んだことは、直感的にわかっていた。しかし父は、完全な無言をもって返答したのである。わたしが目をつぶって出した手紙の行き先には、深々とした広大な沈黙が横たわっていた。

父がその手紙を読んで、男泣きに泣いたということを聞いたのは、それから十年以上の後、父の古い友人からである。

わたしは卒業後の進路が決められず、留年して大学に残っていた。手紙の後も、わたしたちの間は、依然としてぎこちないものであった。父が何も言わないだけに、そうならざるをえなかったといえる。父はどう思っているのだろうか？　なぜ何も言わないのか？　そうした戸惑いの中で、わたしは父に対してどう振る舞ったらいいのか、わからなかったのである。

父が苦しんでいたことは、確かである。父の沈黙は、苦痛の沈黙であった。そこには、深い失望と苦《にが》みがあったように思う。父はわたしの言葉をその全存在で受け止めながら、なお黙っている。それは、言葉で返答することのできない感情だったに違いない。うつむき、眉間にしわをよせながら、父は何を考えていたのだろう。いや、何を感じていたのだろう。

そうした中で繰りかえされた何度目かの帰省の時であった。わたしは気まずい思いを抱えながら、父の仕事を手伝っていた。作業棚の前で、父はいつものように眼鏡を上げ、塗料の缶をのぞきこみながら、ペンキを溶いている。わたしたちの周りを、重い沈黙が取り巻いていた。父はそのままの姿勢でわたしの方に横顔を向けながら、絞り出すように言った。

「それでもこれは、お前の家だ」

わたしは父と肩を並べ、同じように父に横顔を向けていた。不意に父の口をついて出たこの言葉を聞きながら、暗い仕事場の壁を放心したように見つめていた時、わたしの心の底で、何かがこう囁いたのである。

――この世界を、踏み台にしてはいけない。

五

それから十七年の歳月が過ぎた。やがて郷里にもどって就職したわたしは、父の晩年を父とともに過ごすこととなった。わたしは父と酒を飲み、数知れず語った。母と三人で、近在の高原や美術館に、よくドライブをした。二泊ほどしながら伊豆をめぐるなど、時折の小旅行もあった。それは、坦々として平凡な十七年間であった。

わたしたちのわだかまりは、いつしか氷解していった。父とわたしは、再び以前のように、自然に向き合うことができるようになった。しかし、かつての巌《いわお》のように聳える父は、もうどこにもいなかったのである。父は思わぬ反抗に遭い、何も言わずにそれを受け止めた。父はわたしのものの考え方に、一切の注文をつけることをやめた。父はそういうものとして、わたしを認めてくれたのだ。

それは息子としてわたしを認めるというよりは、ひとつの人格と思想をもった人間として、わたしを認めてくれたといった方がよいのかもしれない。そこに親子の緊密な一体感は、もはやなかった。わたしたちの間には、どこか見知らぬ風が吹いていた。そこには失望こそなかったかもしれないが、ある種の諦念、ひとつの悲哀があったように思う。

父の近くにいられることを喜びながらも、わたしは一抹の淋しさを禁じえなかった。自らを主張することによって、わたし自身が親子の関係を転換させながら、なおわたしは、かつての少年の日の、なつかしく厳しい父、あの胡座の中の父のぬくもりを、追い求めていたのである。

そしてそれは、父の老いのおとずれでもあった。かつての、自分の信念をどこまでも枉《ま》げず、家族に対しても社会に対しても果敢に向かってゆく父の姿は、もうどこにもなくなった。孔子のいう、「耳順《したが》う」境に至ったのか、父はもう、何を聞いてもさほど意に介しない。父と家族、父と社会の間には、もはや以前のような倫理的緊張が存在しない。あるいは父は、その役割を、わたしに譲ったのかもしれない。父は、いわば現役を退いたのだ。これからの時代、これからの社会は、もはや父の責任の範囲ではない。

それでも当初、父は元気であった。わたしと一晩、一升の酒を飲み、翌日二日酔いに苦しむわたしを尻目に笑っていたのは、わたしが就職して間もなくのことであった。父とともに雪の河川敷に降りて、冬の河原の光景を絵に描いたこともある。父の中には、まだ壮年の生気が残っていたのだ。

そんな父の生の残り火を、徐々に奪っていったのは、何事もないかのように繰りかえされた、何度かの手術であろう。大した手術ではない。二度にわたる胃のポリープの摘出。片目ずつ両眼にわたって行われた白内障の手術。いや、そうした肉体的なダメージがなかったとしても、年齢そのものが問題だったのかもしれない。

徐々に年老いてゆく父を、わたしたちはじっと見守っていた。しかしそれは、十分な思いやりをもって行われたとは言いがたい。多くの家族がそうであるように、わたしたちは父がいつまでも元気でいるかのような錯覚にとらわれ、日一日と父の肩にのしかかっていたであろう老いの重さに、十分な注意を払うことができなかったのである。

それはまた、生の過酷さでもあった。わたしが郷里に帰り、両親と生活するようになっても、問題は次々に起こった。姉のこどもの病気や、わたしの結婚の失敗が、それである。それらは、父が老境に入ったからといって、父を容赦はしなかった。死にいたる病を宣告された幼い孫の闘病生活を、老いた父はどんな思いでみていたのだろう。なかなかうまくゆかず、ようやく結婚したと思ったら不和が続き、ついには別居にいたったわたしの結婚は、晩年の父の静穏をかき乱しただろう。父は祖父母の離婚と自分自身の離婚と、二度にわたって結婚の破綻を経験した。それに子らが巻きこまれるのをみた。父は、それら父の血にまつわる不幸な宿命を克服するために、後半生をかけてきたのだ。その決意に満ちた永い努力は、しかし、報われなかった。

父は、祖父母と自分自身の運命を、今再び息子の上にみようとしている。それは父に、どのように受け止められたのだろう。

わたしはまだ若かった。わたしにとって、人生は戦場そのものであり、生の現役であるわたしが遭遇する様々な問題が、父をはじめ家族全体を揺るがしたのである。その意味では、わたしが郷里に帰ったことが、父の晩年を幸福にしたとは、必ずしもいえない。むしろ、若いわたしが郷里を離れていた方が、父の老年はその平和を成就しえたのかもしれないのである。

そうした父の老いゆく姿は、しかし、美しかったといってよい。若い頃プライドが高く、容易に人に与《くみ》しなかったといわれる父は、歳を経るにしたがって、その温順さを増していたが、その円熟は、老年にいたっても止むことがなかった。温順は温柔へとすすみ、さらに枯淡へと移ってゆく。父はもう、何事にもあらがわず、すべてをあるがままに受け入れる。わたしたち息子夫婦の諍《いさか》いさえも、父はもう通りすぎる驟雨《しゅうう》のようにみていたように思われる。若年をつき動かした妄執はすべて消え、父の眼は悲しく晴れ渡っている。父は永い間人生と闘い、多くのことを成し遂げてきた。職人として成功を収め、地域の信頼を獲得し、挫折を乗り越えて築き直した家族は、今老年の父に寄り添っている。が、それでもなお、すべては徒労であった。父の眼は、そう語っていたように思える。父にはもう、現実の生に踏み込み、己自身でそれをねじ伏せる力は、残っていない。人生には、思うようになったこともあるし、ならなかったこともある。それはもう、どうにもならないことである。父の人生は、その最終的な確定の時に近づいているのだ。結果のすべてが、父の思い通りになったわけではない。むしろ、思い通りにいかなかったことの方が、多かったであろう。ただ父は、全力を尽くした。結果の如何を問わず、力を尽くした。父の自由になったのは、その努力だけである。

我執を超え、欲塵《よくじん》を離れながらも、なお父の努力は、止むことがなかった。晩年の父をみて、わたしが最も教えられたのが、最後までなくならなかった、この努力への意志である。

書の練習をたえまなく続け、暇をみては百科事典を虫眼鏡（父は「天眼鏡」と呼んでいた）で調べ、一年ほどの間隔をおいて繰りかえされた両足大腿骨頸部骨折の後も、ひとり黙々とリハビリに励む。勉強すること、運動すること、要するに努力することは、そこに何らかの目標があれば、さしたることではないであろう。それは向上心というよりは、妄執でもありうるのだ。だがこの頃の父に、そうした目標があったとは思われない。あったとすれば、已に残された力を少しでも長く保持し、家族に迷惑をかけまいという、父らしい思いやりにみちた謙虚であった。

かつて早朝のマラソンを日課とし、アルプスの山々を歩き、頑健を誇った父が、今は家の中を歩くこともままならない。杖をつき、腰をかがめて、それでもふらついて転倒を繰りかえす。中央の書道展にも入選し、漢字からかなまで、あらゆる書のジャンルをこなした父が、今は書くべき字が思い起こせない。毎年二百通ほども毛筆でしたため、その達筆を喜ばれていた年賀状も、歳を追うごとに書くのが難儀になってゆく。几帳面な性格で、その身辺にも身だしなみにも綻びを見せなかった父が、今は歯も十分に磨けない……。

日ごとに自分がおちてゆく、その老いの不安と苦しみを、しかし父は、こぼすことがなかった。我慢強い人であった。右大腿骨頸部を骨折したとき、そうとは知らぬわたしは、父をあるビルの二階にある整形外科に連れていった。エレベーターはなく、父はわたしの介助を受けながらも、手すりにつかまり、杖に頼りながら、自力で階段をのぼっていった。骨折と診断した医師は、その足で診察室まで上がってきた父に、賛辞を惜しまなかったものである。

不安や苦痛を訴えないばかりではなく、父はただ黙って努力を続ける。おちてゆく、おちてゆく――。その底の見えない転落のただ中で、悲鳴をあげるでもなく、助けを求めるでもなく、ただ黙々と、己にできることをし続ける。それは、家族に対する遠慮ばかりではなかっただろう。幼時から厳しい労働に耐え、修練によって己が人生を築き上げてきた父にとって、生きるとはすなわち、努力することだったのだ。

だから家族は、楽であった。もともと父は、家族に甘えるということがない人だったが、それは老年に至ってもまったく変わらなかった。既に荷が重くなっていること、うまくできなくなっていることでも、父は人に頼るということがない。通院する場合でも、わたしや姉が車で送っていくと言わない限り、便も少なく、乗降口も高いバスを使って、ひとり通院しようとする。服を着る順序がわからず、ボタンが思うようにかけられなくとも、無闇に家族に声をかけることはない。戸惑いつつも、いつまでも己が力で着ようとし続ける。父が困っているときは、本当に困っているときであった。そこには、わがままも甘えもない。わたしたちは父に求められることなく、わたしたち自身の意思で、父を助けることができた。

それでいて父は、介助の手を差しのべると、実に素直にそれを受け入れた。妙に我を張ることも、いたずらに悲観することもない。あくまで自分の力でやり遂げようとするときも、家族や人に助けてもらうときも、その姿は常に無理がなく、自然であった。

六

父の老年の時は流れ、わたしの壮年の時は流れる。それらは、たとえ生活の場を共にしていようとも、あたかも異なった次元の存在のように、互いの流れを交差させることがない。そしてある必然が、二つの流れを合流させる。

それは昨年の秋のことであった。少しずつ老化が進み、介助が必要になっていた父は、介護保険でベッドを借りたり、週に二回のデイ・ケアに通ったりしながら、毎日を静かに送っていた。わたしたちは、父の晩年が、そうした波風のない静穏のうちに、なおしばらくは続くものと思っていた。父は、八十三歳になっていた。夏を過ぎた頃、父は突然腰痛を訴え、起き上がることさえ困難になった。腰に持病はなく、いつにないことであった。高齢者に多い腰椎の骨折を疑ったわたしは、父を整形外科へ連れていった。最初の病院では診断がつかず、二件目の病院で、第一、第二腰椎の圧迫骨折が認められた。医師によると、X線撮影の結果、古い圧迫骨折の痕があるという。急に痛みが出たこととの間に、微かな矛盾は感じたが、見当がついたことで、わたしたちは胸をなで下ろした。週一回の注射に通い、あとはコルセットをしていれば、半年もすれば完治する。わたしたちはそう確信し、父にもそう説明した。

注射とコルセットの効果はてきめんで、間もなく父は、以前とほぼ同じような生活ができるようになった。久しぶりにドライブを楽しみ、先延ばしになっていた父の生家の墓参も、容態をみはからって行くことができた。

十二月に入ったある日、出勤していたわたしのもとに、母から電話が入った。その朝デイ・ケアに行くことになっていた父が、送迎のバスに乗りこもうと玄関に出たところ、迎えに来たスタッフが、黄疸《おうだん》が出ているから医者に行くようにと言ったという。

「黄疸?」

わたしにはぴんとこなかった。その朝父の顔を見たときも、特に異状は感じていない。母も、黄疸が出ているようには見えないらしい。何かの間違いではないか? 何か光線の加減で、そう見えたのではないか?

その頃、父の小さな不調はたびたびであった。わたしは何度も電話で職場から呼び出され、その都度父を病院へ連れて行った。それは、人によっては煩わしいことだったかもしれないが、わたしには苦にならなかった。しかしそのときに限って、思ったのである。

――いい加減にしてくれ、仕事にならないよ。

そう頻繁に仕事を抜けることもできないと、今回は姉に父を頼むことになった。数日後、検査結果を聞くために再度受診に付き添った姉から、電話があった。

「今日病院に行ってきたけど……」

そこまでは、いつもの姉の気丈な口振りであった。

「膵臓癌だって！」

その言葉は、もう涙声であった。それ以上詳しい話はない。ただ、ただちに入院が必要だという。

姉の言葉を聞きながら、わたしは妙に無感動だったことを覚えている。わたしは父を愛していたし、できる限り父を大切にしてきた。にもかかわらず、事実上の最後通告を耳にして、わたしは悲痛を感じない。わたしの中のどこかで、それはわかっていたことだ、と囁く声がする。それはわかっていたことだ――一体わたしは、いつ、どのようにして、それを予知しえたというのだろう？

受話器を手に立ったまま、わたしはただこれからわたしがしなければならないことだけを、考えていた。

それから父が亡くなるまでの八ヶ月は、一瀉千里《いっしゅせんり》だったといってよい。わたしが病院に駆けつけたとき、父はすでに処置のため、麻酔をかけられて眠っていた。わたしは医師に会った。

「膵臓にできた腫瘍が胆管を圧迫して、胆汁が流れなくなっています。手術が必要ですが、膵臓の手術はあなたのような体力のある若い方でも大変なもので、ご高齢のお父さんには、とてもできません。腫瘍については抜本的な治療ができませんが、とりあえず黄疸を止めるため、応急処置としてカテーテルをいれ、胆汁を体の外に出すようにします。ただ、この処置をしても、ご本人がカテーテルに違和感を感じて抜いてしまったりすると、腹膜炎を起こすなど大変危険なことになります。処置後は付き添ってください」

その日のうちに、父は処置を受けた。主治医の説明だけ受け、いったん職場にもどったわたしは、父と言葉をかわす暇もない。付き添いのために夕方再び病院を訪れたときにも、父は昏睡状態であった。

処置後父を看ていた母にかわって、その夜わたしは父に付き添った。父のベッドの傍らにいすを置いて、じっと父を看る。無意識のうちにカテーテルを抜いてしまうことを防ぐため、父の体は抑制されている。それでも父は、朦朧《もうろう》とした意識の中で、何とか体を動かそうとする。なだめる。四人部屋の病室は暗く、患者ごとにカーテンで仕切られてはいるが、間近に人の眠る気配で、息苦しい。ときおり看護婦が、懐中電灯を持って見回りにやってくる。懐中電灯の明かりのため、看護婦の上半身は暗闇にとけこんでおり、看護衣のスカートと靴の白さばかりが目に映る。看護婦は、父の咽喉にたまった痰を吸引しようとする。鼻から管を入れられると、父は苦痛に顔をゆがめ、吸引を拒否しようと必死にもがく。父の苦痛を我が身に感じ、やめてもらいたい、と心の中で叫びながらも、その父の体を強く押さえる。

　最も危険といわれたその夜を無事に過ごした父だったが、六日目になって、無意識のうちに抑制をはずし、カテーテルを抜いてしまった。急遽二度目の処置。今度は三夜父を看護する。父のベッド脇に簡易ベッドを置き、横になって父を看る。父は相変わらず抑制されているが、しばしばベッドから起きあがろうとする。「トイレに行かなきゃ」という。「尿導管を入れてるから大丈夫だよ」と言い聞かせるが、しばらくすると、また起きあがろうとする。父の意識は、すっかり混濁しているのだ。あるいは父は、ベッド脇の誰もいない空間を見つめながら、しきりに何かを語りかけている。揺れるカーテンが人に見えるらしい。ときには手を伸ばし、そのカーテンをつまもうとする。

　朝になると、母や姉が交代のためにやってくる。わたしは家に帰り、午前中休んで、午後から出勤する。四日目からは終夜の付き添いはいらなくなったが、なお四、五日の間は、仕事が終わった後しばらくの間付き添うこととなった。

　入院当日の最初の処置以来、父の意識は混濁しており、ほとんど意思の疎通は図れない。しかし、そんなことはどうでもよかった。今問題なのは、処置後のカテーテルの安全な管理であり、そのことによって父の生命を守ることである。いや、その目的さえも、見失われていたかもしれない。父が不用意にカテーテルを抜いてしまわないこと、あるいは急激な体動によってカテーテルが抜けてしまわないこと、わたしたちの意識はそれだけに集中されており、その先は見えていなかったという方が、正しいだろう。

十二月も半ばを過ぎた頃、わたしは再び主治医の呼び出しを受けた。

「二度はカテーテルを抜いてしまいましたが、二度目の処置で何とか落ち着きました。しかし最初にご説明したように、黄疸の処置はできても、腫瘍については手の施しようがありません。腫瘍は大きくなり続け、いずれは痛みも出てくるでしょう。できるだけ痛みは抑えますが、それ以外は病院にいてもできることはありません。お父さんにとっておそらく最後の正月になると思いますので、退院しておうちで年越しをさせてやってください。ただその前に、カテーテルをつけたままでは大変ですから、体力の回復を待って、内視鏡を使って胆管に形状記憶合金を入れ、腫瘍の圧迫から胆管を守り、胆汁の流路を確保します。そうすればカテーテルを抜くことができ、おうちでの暮らしも楽になるでしょう——」

「最後の正月になるというと、あとどのくらいということでしょうか……」

わたしはおずおずと尋ねた。

「おそらく、半年くらいでしょう」

癌になっても、高齢者の場合は、それほど急激には進まないと聞いている。意外であった。しかしそうした明確な見通しは、むしろ介護する者にとっては、ありがたいことである。どんなに大変であっても、限られた期間、全力を尽くせばよいのだ。いや、その時のわたしには、「大変さ」ということなど、視野の外であった。わたしの前に、半年間にわたる父の最後の日々が横たわっている。そこにその困難さに対する思惑など介在しなかった。それは、「なされねばならないこと」、「生きられねばならない時間」であって、わたしたちにどうこうできる問題ではない。

「退院後は、病院の訪問看護スタッフがサポートしますし、定期的にわたしも伺います。容態が悪化すれば、また入院することもできます」

わたしより若干年下に見える主治医は、同僚の医師とともに、在宅ターミナルケアに取り組んでいる医師であった。末期癌の患者を数多く抱える医師に、患者の死に無関心な粗略さはない。患者の最後の時を最大限尊重し、家族とともに死を看取ろうとする誠意があった。わたしにまったく異存はない。

「痛みが出てくる段階になれば、できるだけ抑えますが、患者さんがそうした痛みに耐え、治療を受け入れてゆくためには、病名の告知が必要です……」

わたしは即座に、父は死を怖れないだろう、と思った。また、仮にわたしが父の立場なら、むしろ告知を希望するだろうとも思う。人は己が死の前に、しなければならないことがある。そのためには、己が死を了知しつつ過ごす時間が必要なのだ。わたしは父に、そうした死を望む。

「わかりました。ただ、入院以来父の意識がはっきりしないので、様子をみて話ができるようになったら、話したいと思います」

無事に三度目の処置を終えた父は、年の瀬に退院することになった。ケア・マネージャーや訪問看護婦、ホーム・ヘルパーと、慌ただしく退院後の打ち合わせをする。車椅子や訪問入浴の手配。点滴の管理方法など、在宅での様々な処置の練習。合間をぬって、父の看護……。

そうした年末のある晴れた日の午後、病室で父に付き添っていたわたしに、父は眠りから覚めた者のように尋ねた。

「一体全体どういうことだやあ」

父の意識の回復にうれしさを感じながらも、わたしは微笑を抑えることができなかった。

「今月の始めに黄疸が出たのは覚えてる？　あれからすぐお父さんは入院して、黄疸を治す処置をしたんだよ」

父は狐につままれたような顔をしていた。わたしはその後の経過について、なお若干の説明を加えた。それでも父は判然としない様子で、ぽつりと言った。

「八十三歳最大のナンセンスだな――」

ウイットの効いた言葉であった。そうした状況下で、そんな言葉を吐ける父を、うれしく思った。しかしその言葉に父のどんな思いがこめられていたのか、今となれば謎のようなものである。ひょっとして父は、死すべき時を医療の力によって生き延び、無意識の底を様々にさまよった末目覚めたことに、ある種の失望を感じていたのではないか？　あるいは単純に、処置や抑制の苦痛の中で様々に体験したであろう幻覚の、その無意味な縺《もつ》れを嘆いたのか？

　間もなく父は、ベッド上で起きあがり、座位をとって食事ができるようなった。ひと月近く抑制されていたため、筋力は著しく落ち、自力で食事をとろうにも、箸をうまく使うことができない。処置時に内視鏡を入れた際咽喉を痛めたのか、声が思うように出ず、会話も不自由である。しかしあきらかにそれは、処置後の危機を脱した姿であった。

　そんなある日、異母兄が見舞いに訪れた。四十年ほど前に上京して以来、時折姿を見せるだけで、わたしたちの家族とは一歩距離を置いてきた異母兄は、東京近郊に所帯を持ち、そこで実母とともに暮らしていた。複雑な経緯があったとはいえ、幼時の束の間をともに暮らした実弟であるわたしにとって、異母兄はただ懐かしい人であった。

「お父さん、どう？」

　病棟七階のデイ・ルームからは、冬の透明な陽光をいっぱいに浴びた湖を見下ろすことができた。わたしは父の入院の経過と病状を、手短に説明した。ある意味で切迫した見舞いにもかかわらず、鷹揚な異母兄の物静かで柔らかな口調は、眼下の静まりかえった湖面の光とあいまって、わたしを落ち着いた楽な気分にさせた。

　病室で、異母兄とともに父の食事の世話をする。父と異母兄だけの会話もあろうかと、しばらくしてわたしは席を外した。

十五分ほどして病室にもどると、父は涙ぐみつつ異母兄に食事を口に運んでもらっている。そこで何が語られたのかを、わたしは知らない。そこには、もう一つの父と子の歴史があるのであり、それはわたしが立ち入ることのできない世界である。父には、異母兄にしか見せない横顔があるのであろう。そこには、わたしが存在する前に生きられた父の生があり、わたしの見知らぬ父がいるのだ。

異母兄が上京して以来、父がわたしの前で異母兄のことを口にしたことは、ほとんどない。それが異母兄に対する無関心のゆえではなかったことを、わたしは知っている。

わたしが異母兄と肩を並べて父の前に立っていると、父は声の不自由をおして言った。

「親孝行したなあ……」

わたしは思わず苦笑した。伝統的な倫理に生きてきた父は、「親孝行」ということを大切にしてきた。しかしわたしは、今自分がしていることを、「親孝行」などとは思っていない。むしろ「親孝行」という観念は、わたしの自然な振る舞いを損なうだろう。わたしはわたしと父との関係の必然的な帰結として、今父を看ているにすぎない。それはわたしが呼吸するのと同様に、まったく自然なことなのだ。そしてまたこの介護は、今後もまだまだ続いてゆくのである。

しかしわたしのその失笑は、誤りであった。父はその言葉を、わたしではなく異母兄に言ったのだ。なるほどわたしの介護は続くだろう。しかし父と離れて住む異母兄にとっては、それが最後の世話になるのかもしれないのである。そして実際、それは異母兄の最初で最後の介助となった。父は、それを知っていたのに違いない。だから父は、あの時異母兄に、感謝の言葉をかける必要があったのだ。

父が退院したのは、年も押しつまった暮れの三十日のことであった。

父が家に帰る時の詳細を、ここで細々と述べる必要はあるまい。父はその年の晦日を、「剣菱」を一口飲んで過ごした。うまいとも、まずいとも言わなかった。酒が好きだった父の、それが最後の酒となった。

雪の多い冬であった。玄関脇の、かつて父が書道を教えていた十二畳間の一隅に、父のベッドは据えられた。南側は明るいテラスで、庭に積もった雪がよく見える。ここでわたしは、母と交代で父を看た。

退院直後は、まだ体力が十分にあった。食事は車椅子に移ってある程度自力でとることができたし、支えてやれば二メートルほども歩くことができたのである。オムツをあててはいたが、排尿や排便も、何とかポータブル・トイレですますことができた。衣類の着脱さえ、手伝ってやれば結構自分でできたのである。親族が遠方から見舞いにくると、

「にぎやかでいい」

とご機嫌であった。

しかしベッド上での生活は、みるみる父の体力を奪っていった。疲れを訴えることが多くなり、痰がからんで食事も十分にとれなくなってゆく。夜間付き添う母の負担を懸念し、弱い安定剤を処方してもらうと、とろとろとしていることが多くなり、かえって父の心身のリズムを乱した。血圧や体温も微妙に上下し、意識レベルが低下してゆく。わけがわからないことを言うことが多くなった。

父は徐々に、寝たきりの状態になっていった。膀胱には尿導管を入れ、栄養補充のために点滴を欠かすことができない。退院直後はお粥を食べていたが、嚥下が困難になったため、氷餅をお湯に溶いて食べさせることが多くなった。

そんな父を、わたしは母とともに懸命に介護した。朝起きて、点滴と尿導管の具合をチェックした後、父のベッドをギャッジアップし、蒸したタオルで顔を拭く。電気カミソリで、ひげを剃る。髪をとかす。ますますものが言えなくなっていた父は、気持ちよさそうな表情で、その感情を伝えるだけであった。整容を終え、父のベッドを離れるときは、少しでも父の刺激になるようにと、音楽をかけた。

その間母は食事の支度をし、母とわたしは食堂でせわしい朝食をとる。食事の間も、時折父の様子をみる。相変わらず、予期せぬ体動に気をつけねばならない。点滴のほか、尿導管の状態にも注意を払わねばならないのだ。

食事の後、わたしは出勤する。それからわたしが帰る夕方までが、母の担当である。父に朝食を食べさせ、歯を磨く。尿道管の蓄尿袋にたまった尿を捨てる。必要に応じて、おむつを交換する。昼食を食べさせ、薬を飲ませる。訪問入浴の日は、スタッフとともに父を風呂に入れる。朝の整容時と同様、父の表情はこの上なく和んだそうである。また時には、すっかり寝たきりになった父の体を、マッサージした。

この間、訪問看護婦やホーム・ヘルパー、そして二人の姉が、入れかわり立ちかわりやってきて、父の容態をチェックし、母の介助を助けてゆく。

夕方わたしが帰ると、母は夕食の準備に向かい、わたしが父の傍らにすわる。寝たきりの父の四肢の拘縮を防ぐため、手足の関節の軽い運動をする。休息後、夕食を食べさせる。食欲が低下し、飲みこみも悪くなっている父に食事を食べさせるのは、根気と忍耐がいる仕事である。声かけを繰りかえし、一口一口飲みこみを確認しながら、食べさせねばならない。食後、抗生剤など七、八種類もある薬を、ヨーグルトなどに混ぜて飲ませ終わるまで、一時間以上かかるのが常であった。食事の後は、疲れてまどろみはじめる父を励ましながら、父の口を開け、歯を磨く。口を開いてもらうまで、何回も声かけをしなければならない。やっと開けても、半分眠っているような父は、すぐ口を閉じてしまう。手際よくブラッシングをし、消毒液を浸したガーゼで口腔内を拭かねばならない。それらが終わり、父が眠った後点滴をロックして、一日の介護は終了する。点滴のロックは、午後十時と決まっていた。

父が昨年末に帰宅してから今年の七月末に亡くなるまでの七ヶ月間、わたしたちは基本的にこうした日々を送った。一日一日、その時その時に必要とされることを、夢中で繰りかえした時間であった。その間、二月の末には点滴でも不十分になり、中心静脈栄養となるなど、父の状態は確実に悪化していった。もはや食事や排泄のためにベッドを離れることは、困難であった。離床するのは、状態をみはからって介助により立ち上がりをさせるときか、車椅子にすわらせて庭を眺めさせるときなど、限られた時だけであった。

父の意識は、なかなか安定することがなかった。清明なときは、ぐずつく梅雨の晴れ間のように、混濁の雲の切れ目に時折見え隠れする程度であった。意識がはっきりしていれば、断片的に意思の疎通を図ることはできたが、それもひとこと、ふたことである。論理的な会話は、不可能であった。主治医と約束した告知は、もはや問題外であった。わたしたちは、ただ一日一日と父と向き合っている。それだけである。それがどういう時間なのかは、誰の意識からも消えていたように思う。

それが人生の最後の日々だと、父はわかっていたのだろうか。週に一度、主治医が診察に訪れたとき、あるいは看護婦と二人だけになった時に、父は何度か訴えたという。

「(治療は)ほどほどにしてください」

父はわかっていたと、わたしは思う。それは父にとっても、誰にいわれるまでもなく、自明のことだったに違いない。ひとは、己の死期を悟るものである。

親戚や知人が見舞いに来たとき、帰り際には決まって、

「頑張って早くよくなってね」

と言い置いてゆく。無論彼らも、父の病状は承知している。そう言うよりほかに、かけるべき言葉がないのだ。父は黙って――ときには微笑みながら――うなずき返す。傍らのわたしたちも、何もいわずにそうしたやりとりを見ている。

主治医に病状説明を受けたときから、わたしは父に少しでも長く生きていてもらいたいとは思わなかった。実際わたしは、主治医に過度な延命措置をしないよう頼んだのである。主治医もそれを了承し、ただ癌の進行にともなう疼痛の軽減のみを約束した。わたしにとって問題は、父の死を先延ばしすることではなく、父によりよく死んでもらうことであった。わたしたちは父の生命の保持のために全力を尽くす。しかしそれは、父のよりよい死のためである。父はもう十分に生きた。父の人生で、できなかったことはあったかもしれない。だが、やり残したことはないであろう。

意識の混濁と清明が交互に織りなされる中で、父の言葉はますます断片的となり、少なくなっていった。そうした日々に父が残した言葉を、今思い起こすことは、不思議な慰藉《いしゃ》に満ちた気分にさせてくれる。

退院して最初に全身の関節運動をしたとき、父は目を細めながら、

「体に沁みるようだ……」

とつぶやいた。ベッドでもぞもぞしているときに尋ねると、

「起きようと思って――」
少しでも何かに関心を持たせようと、テレビの相撲中継を見させると、
「面白くない」
父の旧友が見舞いに来てくれたとき、
「ダウンしちゃって――」
イチゴを食べて、
「おいしい」
食後に薬を飲ませているとき、服薬中はいつも妙に意識がはっきりしていることから、薬の苦みが父の意識を覚醒させていることに気づき、
「薬を飲んでると目が覚めてくるね」
と声をかけると、泣き笑いのような表情をして、
「そうだな」
臀部に褥創《じょくそう》ができかかり、痛がって長く座位がとれなくなったとき、
「なんか傷ができてな」
食事の時間になかなか目を覚まさず、やっと起こしてご飯を食べるか尋ねると、
「食べれないことはないと思うけどなー」
毎朝熱を測っていたが、ある日体温を告げると、

「熱はあったためしはない」

帰宅したわたしが「ただいま」とあいさつすると、「どこへ行ってきた?」と聞くため、仕事に行ってきたと答えると、

「仕事はうまくいっているか。(妻と別居して) 挫折気味だから、名誉挽回のためにがんばれ」

何とはなしに、

「いろいろご配慮いただきまして……」

八十四歳の誕生日に、姪が「おめでとう」とあいさつすると、

「ありがとう」

わたしの心を和ませてくれるのは、これら清明な意識下で発せられた言葉ばかりではない。意識が混濁しているときの言葉も、それは同様であった。

何か夢を見たらしいその後で、

「昨日はどこかの村に移住した?」

「杖がどこかへいっちゃった」

パジャマのボタンが気になるらしく、しきりにはずそうとしているため、「パジャマだから脱がなくていいよ」と言うと、驚いたように、

「そうか!」

突然、

「田んぼのこと……」

「馬が逃げた！」

寝ていて目が覚めると起きあがろうとし、「墨――」というので半紙と筆を渡すが、紙をいじっているだけで書字までにいたらない。わたしが父の名前を書いてみせると、意外な様子で、

「うまいじゃないか！」

わたしが帰宅し、「お父さん、ただいま」と声をかけると、驚いたように、

「誰が後藤さんだ？」

ベッド脇の誰もいない空間に見入りながら、

「ご主人は？」

「――洒落た獅子舞だな！」

こうした混迷した意識の下で、父の魂がどこを彷徨《さまよ》っていたのかは、容易に想像がつく。それはおそらく、父の生家の周辺であり、父の自意識が形成される前の、遠い記憶の野辺である。

父の言葉が日に日に少なくなってゆく。その最後の過程ですくい上げたのが、これらの断片である。わたしがそこに救いを見いだすのは、それらの父の言葉の中に、荒廃も貧しさもなかったからであろう。絶対的な病臥に対する微かな苛立ちがきらめいたことも、時にはある。しかしそれは一瞬に止まり、また、誰か人に向けられたものではなく、苦痛そのものに向けられ

たものであった。父からは技術も、筋肉も、定かな理性も剝落《はくらく》していた。そうした中で最後に残されていった言葉は、節度を伴った豊かさと品位を失うことがなかったのである。

そうした父の言葉の喪失をめぐって、忘れることのできないのが、父の中に残された家族の名前である。父の病床に付き添ったのは、母であり、わたしであり、姉であり、姉のこどもたちであった。しかし闘病が続くにつれ、父は家族の名を忘れたように、わたしたちの名を呼ばなくなっていった。その唯一の例外が、母であった。わたしはわたしの名を呼ばなくなった父が、

「千香子《ちかこ》……」

「千香子……」

と何度も母の名を呼ぶのを聞いた。意外であった。父が最後に呼ぶのは、血のつながったわたしや姉ではなく、母の名前である。わたしは長い間、わたしと父との親子の結びつきは、母と父との夫婦の結びつきよりも深く強いものと思っていた。だがしかし、今父は、母の名のみを呼ぶ。そこには血脈を越えた、夫婦の秘密がある。わたしたちこどもの誕生の前、わたしたちにとっては仄暗い無に過ぎない地平に、夫婦の絆は根を張っているのだ。


春が来て、夏が来た。

退院後、父の状態は徐々に低下していたものの、著しい容態の変化を見ることはなく、低く安定した小康を保っていた。わたしたちの介護も、知らず知らずのうちに訪れた均衡のうちに、

いつ終わるともしれない反復を続けていた。不断の注意を要する父の看護は、わたしたちの生活の一部となり、その中に融けこんでいた。

「この夏が山場ですね」

梅雨を前にして、主治医は言った。わたしはその言葉を、母に告げ、姉に告げた。母も姉も、何も言わなかった。それは暗黙の了解であり、覚悟のことであり、聞いたところで何も変わりはしない言葉であった。わたしたちは、今していることを、ただ続けるだけである。

夏に入る前のある夜、ベッド脇のわたしを見つめながら、父の呼吸がにわかに荒くなった。その眼は、わたしに必死で何かを訴えている。それがわたしの二人の息子のことだと、わたしは直感した。

「大丈夫お父さん、美沙《みさ》と別れるかどうかは別として、仁《じん》と義《ただし》は松永の子として育てるよ……」

父の眼は和み、荒い息づかいは潮が引くように遠のいていった。わたしは父を見つめながら、遠く離れて暮らす二人の幼子を思った。こうして父と対することは、すなわち息子たちと対することではないか？　父はわたしに命を伝え、わたしはその命をあの子らにリレーした。わたしは単なる中継者にすぎない。しかしわたしは、父とのこの約束を、果たすことができるだろうか？

六月の声を聞くと、気温は急上昇し、水銀柱は瞬く間に三十度を越えた。空梅雨であった。

天井知らずに上がってゆく気温の中で、人々は皆喘《あえ》いでいる。一歩外に出れば、世間は暑熱に揺らぐようであった。血管が詰まり、父の中心静脈栄養が入らなくなった。それが合図のように、主治医は最終段階を告げた。

食事の経口摂取ができなくなって、すでに久しい。生きるためのエネルギーを中心静脈栄養に頼っていた父は、点滴のみで栄養を補給してゆくこととなった。それと同時に、抗生剤の投与も止められた。父の生命《いのち》を引き延ばそうとする措置は、ひとつ、またひとつと遮断されてゆく。そんな父の生命力を試すかのように、三十五度に迫る炎熱の日々が続く。わたしたちは汗にまみれ、浅い呼吸をしながら、父のベッド脇で毎日を過ごした。

もはや重力に抗する力をまったく失って、父はベッドに張りつくように横たわっている。しかしその眼は静かに、微動だにせず見開かれ、傍らのわたしたちを見つめ続けている。父の言葉は、ほぼ途絶した。介護しながらわたしたちがかける言葉にも、ほとんど反応はない。沈黙の父を前にして、点滴を換え、体温を測り、体を冷やし、吸入をし、痰の吸引をする。

「お父さん、熱を測るよ」、「オムツを換えるよ」、「吸引するよ」……。

それらの一方的な言葉のみが、父の枕辺をゆきかい、わたしたちの介護を無言で受け入れる父の、開かれた眼のみが光っていた。

その最後の夏を飾るようにわたしの記憶に残っているのは、わたしの家の庭に咲いたノウゼンカズラの花である。仕事から帰り、父が臥《ふ》す家に入ろうとするたびに、夏の青く澄み渡った空を背に、燃えるように咲いているノウゼンカズラを見上げた。わたしはかつて、この樹を父と同名のカツラだと思いこんでいた。父の樹だからわたしの家の庭に植えたのだと思っていた。その認識が誤りだと知った後も、父の名とこの樹の名の語呂合わせは、父とこの樹を同一視させた。夏が来るたび華やかな橙色の花を豊かに咲かせるこの樹を、今までこれほどまぶしく見上げたことはない。青い空、燦々と照りつける夏の太陽、それらを背に、ノウゼンカズラは音もなく揺れている。この花が咲いている限り、父は死なないように思われた。

医師の通告の後も、一週間、二週間と時は過ぎてゆく。一刻一刻が、死へのカウント・ダウンのようである。しかし父は、沈着であった。わたしたちの心にも、まったく動揺はない。三十度を越える気温の中で、父のベッドの周りは、暑気を払うように静かである。週に一度往診に来るたび、主治医は父の生命力の勁《つよ》さに感嘆し、

「松永さんは今、ご自分の力だけで生きているんですよ」

と言い残していった。

医師の通告からおよそ一ヶ月後、今度は点滴が入らなくなった。この暑さの中で、水分さえも補給できない。それはすなわち、もはや避けようのない死を意味する。主治医は、危篤を告げた。

その日から、不寝番《ねずのばん》が始まった。夜、誰も見ていない中で、父を死なせることはできない。

午前零時、一時、二時は平気であった。三時から四時がいけなかった。どうしても睡魔がおそってくる。思わずまどろむ。はっと気がつくと、父がわたしを見ている。あたたかい、わたしを慰撫するような眼であった。どちらが看護しているのかわからない。わたしは思わず、己を恥じた。

危篤を告げられて四日目の朝であった。前夜の看護を姉に交代してもらったわたしは、いつものように何気なく父のベッドに近づき、父の顔を見るともなく、「おはよう、お父さん」と声をかけ、朝の処置に取りかかろうとした。その時、

『おはよう』

と、父の声が聞こえたのである。いや、「聞こえたような気がした」のである。わたしは思わず、父の顔を振り向いた。わたしの眼の隅には、『おはよう』と父が「言った」ときの、眉をつり上げ、首を揺らすようにした父の、その唇の動きが残像として残っている。父はもう、発声はできない。しかし父は確かに、そう言おうとした。わたしの耳に聞こえたのは、その父の心の声だったのだ。

「お父さん、よかったねえ、ちゃんとあいさつができたよ——」

わたしは父に顔を近づけながら、思わずそう叫んだ。

その日の父は、長く絶望的な曇天のあとの快晴の日のように、清明であった。姉や甥、姪たちと、意思の疎通ができたのである。無論、会話など成立しない。しかし娘や孫たちの語りか

けに対し、父は眼と表情で感情を伝えた。微笑ましい光景であった。父にとっても、わたしたちにとっても、幸福な一日であった。そしてこの日の朝の、『おはよう』という「言葉」が、わたしの聞いた父の最後の「言葉」となった。

四日目の昼が過ぎ、夜が過ぎた。奇跡のように、父は生きている。苦痛の訴えも、絶望のもがきもない。ただひたすらに横たわっている。父は、昼も夜も眠らない。じっと眼を開けている。何を見ているというのでもない。ただこの世界に対して、眼を開き続けているのだ。

危篤となって以来、医師は毎日足を運ぶ。時には、夕食をとる間もなく、夜の八時過ぎに来る。来ても父の前にじっと立つだけである。すべては尽くされており、あとは「待つ」だけなのだ。主治医も言葉を失っている。父は今、医の領域の向こう側にいるのだ。

清拭のために父の体を裸にすると、わたしたちがたじろぐような荘厳な肉体があった。わたしはかつて、それと似た肉体を見たことがある。アウシュビッツの、飢餓のうちに死んでいったユダヤ人たちの屍体《したい》である。それらは、薄暗いモノクロームの写真の中で、虐げられ、人間の尊厳を徹底的に踏みにじられて、冷たく汚れていた。それは、肉体と化した絶望であった。しかし今わたしたちの前にあるのは、同じように壮絶なまでに痩せさらばえながら、神々しいまでに光り輝く肉体である。わたしたちは父のその全身を前にして、思わず絶句した。

五日目の晩がきた。徹夜さえも、生活となっていた。父は眠らない。わたしも眠らない。一晩、二晩と徹夜を繰りかえすうちに、わたしは睡魔を避ける術《すべ》を身につけていた。父の死は、ますます近づいている。まんじりともすることはできない。

しかしわたしは、やはり疲れていたのだろう。徹夜が開けて昼になっても、暑さのあまりほとんど眠ることはできない。急を聞いて駆けつける親族や見舞客で、家の中はごったがえしている。

午前二時、午前三時……。夜の静寂《しじま》の中で張りつめていたわたしの内部で、何かが弾けた。

――親父、いい加減にしてくれ。

そう思った瞬間、わたしは反射的に父の顔を見た。父は横たわったまま、わたしの方をじっと見ている。悲しそうな眼であった。

父が褐色の液体を吐いたのは、その日の陽が昇ってからのことである。いつものように父の整容にとりかかったわたしは、父の口の中に褐色の液体があふれるように溜まっているのに気づいた。見たことのある色であった。それは、父が最初に入院して胆汁を体外に出す処置をした後、カテーテルを伝ってビニール袋の中に落ちていった、あの胆汁の色である。癌が、形状記憶合金に守られていた胆管を、再び圧迫しはじめたのだ。

この段階で、この異変。わたしは姉たちを呼び、看護婦を呼んだ。

母や姉、看護婦が見守る中で、父の脈は次第に弱まり、呼吸は乱れてゆく。看護婦が血圧を測る。六十、五十、四十……。

看護婦は父を、遠ざかるひとを見るような眼で見つめながら、小声でつぶやいた。

「時間の問題ですね」

看護婦の態度には、今まで父の看護に尽くしてくれていた時とは別の、看護婦としての営為を停止した、どこか禁欲的な静けさがあったように思う。

姉のこどもたちが、父のベッドを取り囲む。わたしの子をのぞく五人の孫のうち、千夏《ちなつ》だけがいない。高校二年の千夏は、吹奏楽の発表会のため、その日朝から車で一時間ほどのまちへ出かけているのだ。

まずかった。千夏はつい最近、親友を突然亡くし、周囲が心配するほどの深刻な打撃から、ようやく立ち直ったばかりなのだ。今ここで、千夏だけが父の死を看取れないというのは、まずい。かといって、ただちに呼びもどすことも不可能だ。千夏は楽団の一員として発表会に臨んでおり、千夏一人が欠ければ、演奏が成り立たなくなってしまう。しばしの躊躇《ためらい》の後、わたしは父の耳元に口を寄せた。

「お父さん、勝手ばかりいって申しわけないけどねえ、千夏が吹奏楽の演奏会にいってるの。夕方まで帰れないって。だからもうしばらく頑張ってくれる？」

父の眼は反応しない。その眼は、空間の一点を凝視して見開いたままである。しかし、父の体が反応した。間もなく父の呼吸は安定し、血圧も徐々に回復してきたのである。安堵《あんど》しながらも注意深く父を見守っていたわたしたちが千夏を迎えたのは、午後五時をまわった頃であった。千夏はまっすぐに父の枕辺に向かい、帰宅を報告する。父の眼は反応せず、表情は動かなかった。

父の容態に目立った変化はない。ひょっとして今日のできごとは、一過性の変調だったのかもしれない。七月の宵闇が迫ってきた。わたしたちは夕食にピザを注文し、一日の疲れを冷たいビールで癒した。ピザを平らげると、こどもたちは家の中を飛び回り、父の容態など忘れてしまったかのようである。わたしたちは父のベッドの傍らで、グラスを手に四方山話に花を咲かせた。父は、ひとりベッドに横たわり、そんなわたしたちを見つめている。父が見ていたのは、夏の宵、ビールを飲みながら談笑する妻であり、娘夫婦たちであり、息子の背中であった。父の脳裏には、どんな思いがよぎっていたのだろう。それが、父がこの世で見た最後の情景であった。

わたしが父の異変に気づいたのは、それから間もなくのことである。

父が亡くなってからのことを、事細かに書きつづる必要はあるまい。生者たちは、死者の死の瞬間から、次なる生の慣習に取り組まねばならない。そこに死者への深い感傷が入りこむ余地は、あまりない。わたしたちはただ粛々と、生きる者として義務づけられた手順に従ったのである。

いくつかの印象に残ったことだけを、書き残しておきたい。そのひとつは、父の死の直後のことである。父の死による一瞬の動揺に耐えた後、わたしは看護婦とともに、父の清拭をしていた。父の全身からは、何かさわやかな香りに似たものが立っていた。と同時に、眼に見えぬ清浄な息の流れのような気配を、わたしは微かに感じていた。

「入れ歯を入れてください」

看護婦の指示で、わたしは父の義歯を手に取った。

「お父さん、入れ歯を入れるよ――、口を開けて――」

わたしは長い介護の習慣から、ついそう口にした。その瞬間、わたしは父の口がわたしの手の動きに合わせて動くのを、密《ひそ》かに感じたのである。あの時、確かに父はまだ死んでいなかったように思う。父が本当の意味でいつ死んだのか、わたしにはわからない。

もうひとつは、父の遺骸を前にして、叔母が語ってくれた話である。

葬儀を前に、家の中は親戚や弔問客でごった返していた。父の死後も続く猛暑の中、喪服を着た人々の顔は、皆一様に汗に光っている。父の遺骸の傍らにすわっていたわたしに、叔母が老いた体を引きずるように近づいてきた。

「譲君が兄の介護をするのを見ていたら、兄が父の世話をしていた姿と重なってね」

初めて聞く話であった。

「父が寝ていたとき、頬から何かじくじくした液体が出てね。小さかった私は、気持ちが悪くてさわれないの。でも兄は、じっと黙って拭いていたわ」

父はわたしに、祖父の最後を語らなかった。しかし当然のことながら父にも、わたしと同じ告別の時はあったのだ。そこで何が約束されたかを、わたしは知らない。

「松永の家は、もともとは地主だったのよ」

叔母はいつしか、松永家の物語に移っていった。父は稀に昔語りをしたが、それは父の戦争体験より以前に遡ることはほとんどなかった。松永の家が、かつて地主の家系だったなどということは、父の口からは聞いていない。わたしは父が、貧しい農家の生まれだとばかり思っていた。

「兄は小さい頃絵が好きでね。お豆腐を売り歩く道すがら、気に入った景色のところに座りこんで、スケッチをするの。そうすると周りにこどもたちが集まっててね。ある時校長先生が生徒を集めて、働きながら絵を描いているお兄ちゃんの邪魔をしちゃいけないって言ったのを覚えてるわ」

「兄は手が器用で、二階でよく紙細工をつくっていたわ」

「紙で何をつくっていたんですか？」

「エッフェル塔。それがすごく精巧なの」

わたしは重い豆腐を傍らに置いて座りこみ、黙々と絵を描いている少年、古い農家の二階に差しこむ静かな光の中で、見たこともないエッフェル塔をつくっている貧しい少年の姿を思い浮かべた。

「私はこの人を兄にもって幸せだった」

最後に叔母は、しっかりと言った。何が幸せだったのだろう。わたしはあえて尋ねなかった。この叔母は、才色兼備で将来を嘱望された人である。父は美しく聡明な妹を、さぞかわいがったことであろう。しかし、父と叔母のその後の人生は、けして平坦なものではなかった。叔母の結婚をめぐり、父と叔母の間には、様々な軋轢《あつれき》があったのである。それらの永い葛藤の末、今父の遺体を前にして、叔母は父を兄にもって幸せだったという。その幸福がいかなるものだったかについて、わたしはあえて詮索するまい。そこにはきっと、父と叔母との、言葉には語られなかった心の歴史があるのだ。

納棺の時が来た。わたしはあれやこれやの葬儀の手配で落ち着かない。多くの人々が父の柩《ひつぎ》を取り囲んでいる。父の遺骸は、花に埋められた。

「筆を」

「紙を」

誰かが口々に言う。絵を描き、書を書き、看板を書いて生きてきた父の死出の携行品として、筆と半紙のほか、晩年の父が愛用した歳時記、杖、そして一合の酒が納められた。これだけあれば、父の旅路に無聊《ぶりょう》はあるまい。立ち上がったわたしは、思わず眼を疑った。柩の中の父が、まぶしいほどに輝いて見えたのである。父は喜んでいる、わたしは直感した。それは、欣喜《きんき》雀躍《じゃくやく》とした旅姿であった。

葬儀は八月一日、自宅近くの斎場で行われた。父の闘病の最後を飾るにふさわしい、晴れ渡った夏の正午であった。

庭のノウゼンカズラの花が散ったのは、その夏の終わりのことである。

息子たちへの手紙

今お前たちは遠く離れ、お父さんとともに暮らすことができない。年に何回かお前たちの元に行っても、時は限られ、向かい合ってゆっくり話すこともできない。これからお前たちは思春期を迎え、お父さんの言うことを冷静に聞くことは、難しくなるかもしれない。お前たちが青春の惑《まど》いを抜け出し、父親の言葉を落ち着いて聞くことができるのは、いつのことだろう。そしてそのとき、お父さんはお前たちに全力で向き合う気力を、保っているだろうか。

だからお父さんは、今これを書く。五十四歳になったお父さんは、微かな衰えを感じはじめている。お父さんの生命《いのち》は盛りを過ぎ、下降しはじめているのだ。お父さんは五十四年生き、それなりのことを経験し、学び、考えてきた。この経験と思想を、今まだ活力があるうちに、お前たちに残しておきたい。それをどうするかは、お前たち次第だ。

離婚について

これを書くにあたって、何よりもまず、お父さんとお前たちのお母さんの離婚のことを、弁明しなければならないだろう。

お父さんたちは平成七年に結婚し、平成十三年に離婚した。その間にお前たちが生まれたが、お母さんを熊本に帰したのは、仁《じん》が一歳になる直前であり、義《ただし》が生まれたのは、お母さんを熊本に帰した後のことだ。

お母さんに初めて会ったのは、平成三年のことだった。お父さんは市役所の議会事務局に勤めていて、行政視察で熊本を訪れたときに、お母さんに出会ったのだ。お父さんが三十二歳、お母さんが二十六歳のときだった。

お母さんは、実に美しい女性だった。お父さんがそれまでに会った、最も美しい女性だったといってもいい。だがお父さんが惹かれたのは、お母さんのその美貌ではない。お父さんが惹かれたのは、お母さんの声だった。初めてお母さんの声を聞いたとき、お父さんはそこに、お父さんと共振する何ものかを見出したのだ。

お父さんはお母さんに声をかけ、遠距離恋愛が始まったが、しかしそれは、二ヶ月ほどで終わった。遠く離れていることを理由に、お母さんから交際を断ってきたのだ。

四年がたった。ある日職場に、お前たちの熊本のおばあちゃんから、電話がかかってきた。お母さんが、お父さんを忘れられないという。

お父さんたちの交際は再び始まったが、お父さんは三十六歳、お母さんは三十歳になっていた。お互いに、そして両家の家族も、結婚を切望していた。おばあちゃんから電話があってから数ヶ月後、お父さんたちは結婚した。その間にお父さんたちが実際に会ったのは、十日に満たないだろう。

この結婚の判断を、今お父さんは深い反省とともに思い出す。お父さんたちが再会したとき、結婚はいわば既定事実だった。それは熊本のおじいちゃん、おばあちゃんも、諏訪のおじいちゃん、おばあちゃんも願ったことだった。そしてお父さんとお母さんも、当時としては既に婚期を過ぎていたのだ。

結婚を決めてから後、お父さんはお母さんの異状に気づいた。感情のコントロールがきかず、熊本のおじいちゃん、おばあちゃんと、トラブルを繰りかえしていた。おじいちゃんに殴られたというお母さんの話や、電話口の向こうで親と喧嘩する声を聞きながら、お父さんは訝しく思いながらも、それをお母さんと熊本のおじいちゃん、おばあちゃんとの関係に由来するものだと考えた。結婚が近づいても、お父さんの考えは変わらなかった。二人でいるときに、そうした諍いは起きなかったし、何よりもいったん決めたことを撤回することは、卑怯に思えたのだ。結婚を思いとどまるだけの、確信もなかった。「何とかなる」という安易な思いが、お父さんを歩み続けさせた。

しかしそれは、結婚と同時に裏切られた。結婚式の準備の中で頭をもたげたお母さんの不安定さは、新婚旅行中の断続する激しい喧嘩につながっていった。

四年間の結婚生活は、その同じ喧嘩が、果てしなく繰りかえされた毎日だった。お母さんは思いもよらぬことで感情のバランスを崩し、お父さんにぶつかってきた。お父さんは何とかなだめようと努めたが、お母さんの感情の爆発はとどまるところを知らず、ついにはお父さんも怒って、喧嘩はますますエスカレートしていった。

別居し、離婚に至るまでの詳細を、これ以上並べたてることはやめよう。いずれにせよお父さんは、それ以上結婚生活を続けることを、断念した。それはお父さんだけでなく、諏訪のおじいちゃん、おばあちゃんをはじめとする、松永家全体の意思だった。あれ以上あの生活を続けていれば、お父さんはお母さんを傷つけるか、さもなくば自分自身を傷つけるかだったろう。実際お父さんは、体調を崩しつつあった。それにそうした家庭生活は、お前たちの成長にも、深刻な影響を及ぼしただろう。

そんな中でなぜお母さんはお前たちを生むことになったのかと、疑問に思うかもしれない。お父さんとお母さんの生活は喧嘩ばかりだったが、常に喧嘩していたわけではない。お母さんの感情の激発は、周期的にやってきたが、落ち着いているときもあったのだ。そうしたときのお母さんは、愛すべき女性だったし、お母さんもお父さんを、深く愛していたと思う。

そうしたいわば嵐の晴間に、お前たちは生まれたといっていい。

お父さんが今お母さんをどう思っているかを、書いておこう。お母さんは、生まれたときからの障害などのために、成長の過程でどこか歪んでしまったが、元々もっていた資質は、素晴らしいものだったのだと思う。お父さんがお母さんに初めて会ったときに感じた直感は、おそらくお母さんの中に眠るこの資質がなせるものだったのだ。

実際お母さんと共通した資質をもって生まれたであろうお前たちのおじさん、お母さんのお兄さんは、今でもお父さんの大切な友人だ。彼は公平で信頼に足る人物で、離婚争いの中、田中家で唯一、お父さんの立場を理解してくれたのだった。

お母さんのことは、このくらいでやめておく。いずれにせよお父さんは、お母さんはいい資質をもって生まれながら、その資質を十分に開花させることができなかった人だと思っている。

そして、お父さんたちの結婚そのものについては、結婚というものが新たな人間を誕生させる契機である限り、お前たちを生んだ結婚であり、お前たちがこの世に誕生したことを、お父さんはよかったと思っている。その意味でお父さんたちの結婚は、間違いではなかったのだ。

倫理について

これを書くきっかけになったのは、仁の高校進学のことだった。進学にあたって、仁の希望する高校が、お母さんや塾の先生の意見と異なることを聞き、仁とゆっくり話してみたくなったのだ。

だがお母さんは、仁は塾や部活に忙しくて、お父さんと話す時間がとれるかどうかわからないという。お父さんは強い憤りを感じながらも、最悪の場合は電話で話そうと考えたが、そんな折にふと、お前たちに伝えたいことを、書き残しておこうという気持ちになったのだ。

その前には義と電話で、なぜ学校に行かなきゃならないかを話したね。そのこともまた、お前たちに伝えなければならないことがあるというお父さんの気持ちの、布石になったと思う。

学校のことを話す前に、そういった色々なことを考える一番基礎になることを話そう。一番基礎になることとは、人生において、人にとって何が一番大事かってことだ。

そういうことについては、人によっていろいろな考えがあって、すべての人が同意する絶対的な答えというものはない。だからお父さんは、お父さんが正しいと思うことを書く。お前たちはそれを参考にして、それぞれの人生の中で考えていってくれればいい。

お父さんは、人にとって一番大事なことは、倫理、道徳だと思っている。だからお父さんは、仁に仁という名前をつけたのであり、義に義という名前をつけたのだ。

「仁」は、儒教の最高の徳で、「ひとの根本の道」を意味する。

「義《ぎ》」は、儒教の五常のひとつで、「礼にかなった正しい行為」を意味する。

お父さんがなぜ倫理を最も重要だと考えるようになったのかは、本当のことをいえば定かではない。たぶん一番大きな理由は、お父さんのお父さん、お前たちの諏訪のおじいちゃんが、道徳科学という学問を学んでいて、非常に熱心に道徳の普及活動をしていたからだろう。

お父さんは、小学校の頃から、この道徳科学の話を聞いて育った。小さい頃は、そうした話の是非もよくわからなかったが、大学生くらいになって、いろんなことを勉強するようになり、この道徳科学が大正期に樹立された学問の体系であり、その時代の制約を色濃く残し、天皇制や皇国史観と深く結びついているのを観じたとき、それにどうしてもなじめない自分を発見したのだけれど、だからこそなおさら道徳とは何かということが、お父さんにとって重要な問題として残った。

お父さんの考え方に次に大きな影響を及ぼしているのは、大学時代に読んだジャン＝ジャック・ルソーであり、ルソーを通じて触れたギリシア・ローマの思想だろう。ギリシア・ローマ思想というのは、一般にはあまり知られていないかもしれないが、非常に倫理的な思想だ。ソクラテスの生き方をみてごらん。それはまさに、倫理そのものを生き抜いた人生だ。そしてギリシア・ローマ思想というのは、このソクラテスを起点として、プラトン、アリストテレスがその基礎を築き、そこから成長・発展してきたものなんだ。現代社会の礎《いしずえ》となった西洋の思想は、このギリシア・ローマ思想に、キリスト教の思想が結びついて成立したものだといわれている。キリスト教は、いうまでもなく宗教であり、宗教とは、本質的に倫理的なものだ。

こんなふうに書いてくると、お父さんの考え方というのは、勉強によってつくり上げられたもののように思うかもしれない。しかし、本当の思想というものは、単なる机上の勉強のみによって形成されるものではない。そこには必ず、その人の生きられた経験があるのだ。

それはお父さんにとって、高校生の頃から大学生の頃まで続いた、悩みだったといっていい。その悩みとは、自分自身が倫理的に頽廃しているという悩みだった。

幼い頃のお父さんは、気の弱い、自信のないこどもだった。お父さんのお父さん、お前たちのおじいちゃんが男盛りで、ひ弱なお父さんを圧倒するように立っていた。それは、おじいちゃんがお父さんを抑圧していたということではない。幼いこどもが成人男性そのものにもつ、ある種の恐れのようなものだったと思う。お父さんはおじいちゃんの前に、絶対的に非力な存在として自分を感じていたのだ。

加えてお父さんは、二人の女の子の下に生まれた、末っ子の男の子だった。小学校に上がるまで、お父さんは女の子と遊ぶ習慣しかない、逞しさ、腕白さのまるでない男の子だった。

小学校に入ってからも、最初は男の子の友達ができず、心細い限りだったが、一人の親友ができ、それにつれて徐々に男の子の友達の輪が広がり、お父さんの気持ちに気づいた先生の配慮にも助けられて、次第に活発なこどもへと変貌していった。

高学年の頃には、クラスで最も腕白なグループの一員で、野球やスケートに明け暮れ、授業でも活発に発言する、クラス一の人気者になっていた。

でも、お父さんの心の奥底には、幼い頃の気持ちが、どこかに残っていたんだ。自分は弱く、非力な存在だという自己認識。それはお父さんに、弱く疎外される友達への共感を呼び起こした。

今でも思い出す。遠足で何かの拍子に友達と諍《いさか》いになり、割られてひびが入った眼鏡をかけたまま、黙って林の中に座っていたY君。彼の、屈辱に耐えながら涙をこらえている後ろ姿。友人たちがそんなY君には眼もくれずはしゃぎまわる傍らで、お父さんはY君の隣に、ただひっそりと座っていた。Y君の屈辱は、お父さんの屈辱だった。

夕暮れの下校時に、男の子たちにからかわれ、ひどく傷ついて、黙って歩き続けたHさん。お父さんは彼女を一人帰すことができず、ただ沈黙して彼女の隣を歩き続けた。薄闇の中でうつむく彼女の面影。彼女の悲しみは、お父さんの悲しみだった。

今思うが、お父さんが今までにした行為の中で最も美しく思いやりに満ちた行為は、これらの行為だったと思う。

中学生になると、お父さんは何をやってもうまくいった。勉強は一番だったし、野球部では二年のときから準レギュラーで、陸上では学校のリレーの代表であり、水泳でもクラスマッチで優勝した。絵が得意で、美術の先生のお気に入りでもあった。「スーパースターだった」と、後年同級会で友達は言った。田舎の小さな中学校の世界でのことだけどね。

でもそれで、お父さんはいい気になったんだね。気がつくと、自分が優位に立てない競技を避けるようになり、思ったような成績をとれないと、テストの点をごまかすようになっていた。「元気で優しい譲君」は、いつしか「何でもできるけど鼻持ちならない譲君」に変わっていた。

中学のときは、それなりのきちんとした努力に裏打ちされた結果だったけれど、高校に入ると、そういう倫理的な頽廃や、入った学校の校風になじめなかったりで、気持ちに迷いが生じ、地道な努力も十分にできなくなっていった。ごまかすことで表面は取り繕っても、自分で自分を非難していた。人はそういう状態になると、本当の力を出せなくなる。お父さんは泥沼にはまったまま、身動きができなくなった。

何とかしなければならない。でも、どうしたらいいかわからない。そもそも自分を立て直すにも、立て直しの元となる人生観、考え方、設計図がわからない。お父さんの周りには、テレビをはじめ様々な情報が氾濫していたけれど、本当に身の拠りどころとなる確かな思想は、どこにも見あたらなかったんだ。

そんなときに、一筋の光明のように思われたのが、古典の世界だった。古典というのは、昔の人が書いて、永く読み継がれてきた本のことだ。

高校二年生のときだった。ある日数学の先生が、一冊の本を紹介してくれた。一七世紀のフランスの哲学者であり、数学者でもあるデカルトという人の、『方法序説』という本だ。「これは数学者が書いた本だが、数学の本にとどまらない、人生論だ」と先生は言った。

この本は、こういう書き出しで始まる。

良識はこの世のものでもっとも公平に配分されている。なぜというに、だれにしてもこれを十分に備えているつもりであるし、ひどく気むずかしく、他のいかなることにも満足せぬ人人でさえ、すでに持っている以上にはこれを持とうとは思わぬのが一般である。このことで人々がみなまちがっているというのはほんとうらしくない。このことはかえって適切にも、良識あるいは理性と呼ばれ、真実と虚偽とを見分けて正しく判断する力が、人人すべて生まれながら平等であることを証明する。(デカルト『方法序説』、落合太郎訳、昭和二八年、岩波書店)。

お父さんはこの一文を読んだとき、必死で探していたものに、初めて出会ったような衝撃を受けた。単純にして、偽りのない思想。ここにこそ、人生の拠りどころとなる確かな思想があると。

それからお父さんは、少しずつ古典の世界へと近づいていった。古典とは、さっきも書いたように、昔の人が書いて、永く読み継がれてきた本のことだが、なぜ古典なのかというと、古典は永く多くの人々に読み継がれて、その正しさや価値が、最も証明されている本なんだ。今でも毎日のように、たくさんの本が出版されているが、時代の流行にのって一時はたくさん売れても、すぐに人々に読まれなくなってしまうものが少なくない。たいていの時代は、多かれ少なかれ偏《かたよ》ったものの見方、考え方が支配していて、その時代の好みにあう本というのは、そうした偏りを反映しているものなんだ。だからそのときは売れても、時代が変わって人々の好みや考え方が変わると、瞬《また》く間に忘れられてしまう。

例をあげて話そう。昭和初期から昭和二十年にかけては、軍国主義の時代で、こどもから大人まで、軍国主義一色だった。民主主義や自由主義は抑圧され、男は戦争に行って天皇のために命を捧げることが、女は銃後を守り、息子や夫を国のために捧げることが美徳とされた。そうした中で、天皇を賛美し、戦争に向けて人々を称揚するような文学や芸術が、たくさんつくられたんだ。

昭和二十年、日本が戦争に負けてアメリカ主導の民主化が始まると、今度は民主主義至上の世の中になった。平和や自由こそ最も価値あることとされ、戦中・戦前の思想は、ほとんど顧《かえり》みられなくなり、そうした風潮にあった文学・芸術の時代となった。

こうした二つの時代それぞれに、多くの人々に読まれた本があるわけだが、戦中・戦前に書かれたもので、戦後まで読み継がれたものは、限られている。多くの作品は、時代の偏りに支配されていたため、次の時代の人々には、受けいれられなくなってしまったからだ。

戦後の社会も、昭和二十年代から昭和四十年代までの貧困から高度成長の時代と、昭和五十年代から平成初期までの安定成長とバブルの時代、さらにその後お前たちが生まれた閉塞と低迷の時代では、時代の雰囲気や価値観、人々の考え方が、微妙に異なる。時代はそのように変わっていくものなので、その時代時代に人気を博する本が、次の時代にも通用するとは限らないんだ。

人はひとつの時代だけに生きるわけではない（お父さんの経験では、だいたい二十年くらいで時代は変わってゆく）ので、本当に長く人生の拠りどころとするには、ひとつの時代にとらわれない思想が必要だ。古典とは、まさにそうした時代の制約を、超えた本といっていい。

お父さんの悩み、お父さんの頽廃は、すぐに抜け出せるようなものではなかったけれど、少なくともどちらの方向に進んだらいいのかの、方向性はわかった。お父さんは大学に進学し、そこで本格的に様々な古典を読むようになり、ルソーの思想などを手がかりとしながら、ものごとの根本的な考え方、お父さんの価値観というものを構築していった。

デカルトが良識に着目していたように、ルソーは良心というものを問題にしていた。良識と良心とは微妙にくいちがう概念だが、良識のほうがより経験的・理知的であり、それに比べ良心はより本能的・直観的だ。良識のより原初的な形態が、良心であるといってもいいだろうか。そしてこの良心こそが、倫理の核心にあるのではないか？　何かをしたときに、何か後ろめたさや罪悪感を感じたとすれば、それは良心が非難しているのであり、良心にかなう行動は、心を晴々とさせる。良心に従っている人の表情は明るく、良心に背《そむ》く人の表情は、暗い。

お父さんが感じていた頽廃感は、まさにこの良心の問題だったのだ。人はいかに周囲から認められようとも、自分自身（の良心）に認められない限り、真の満足を得ることはできない。その意味で、不正はいかなる場合でも、その人の真の幸福に結びつかない（この辺のことは、プラトンに詳しい）。

人を殺してはならないとか、他人のものを盗んではならないとか、人を愛すべきだとか、こうした一つ一つの倫理は、すべてこの良心から導出される、ア・プリオリな規範であって、なぜそうしなければならないのか、論理的に説明すべき問題ではない。良心は、本能的な直観なのだ。

だから人は、つねに自分の心に耳を澄ましていなければならない。ひとつの行為について、自分の心が何と言っているかに、耳を傾けねばならない。そしてこの良心の実現ということを、他の何よりも優先させなければならない。特に、損得や虚栄よりもね。そしてこの良心を正しく保っている人こそ、最も強いのだ。なぜなら、そういう人は良心以外のものを、(死さえも)恐れないのだから。

こういう考え方を確立して以来、お父さんに迷いはなくなった。だがそれは、お父さんの生き方に間違いがなくなったということではない。あれからもう三十年以上がたつが、お母さんとのことをはじめとして、相変わらず間違ってばかりだね。だけどお父さんは、自分で自分に恥じることだけは、しないように心がけている。すなわち、倫理に悖《もと》る行為だけは、しないように心がけている。それでもしばしば誤るが、ただちに軌道修正する。その方向性に、迷いはまったくない。

お父さんは、人生で最も大事なことについて、こんなふうに思う。

幸福について

人生を考える上で、もうひとつ大事なことは、幸せとは何かということだ。人生の目的は、幸福になることだ。あるいは、人は生を享《う》けた以上、幸福でなければ意味はない。だから人はみな、意識しようがしまいが、幸福でありたいと願って生きている。

問題は、どんなふうに生きることで幸福になれるのかということだ。その点では人々の意見は一致せず、人はそれぞれの方法で、思い思いに幸福を手に入れようと努力している。

幸福の条件は単純にはいえないだろうが、ここでもお父さんは、倫理が第一だと思う。だって、幸福にはいろいろな要素があるが、自分で自分をよしとできなくて、幸せになれるだろうか？　良心にやましいところがあって、幸福になれるだろうか？

一八世紀のドイツの哲学者であるカントは、ドイツ観念論を代表する哲学者として、八十歳で亡くなったが、臨終の際、「これでよい」と言って息を引き取ったという。その亡くなり方を後世の人々は、「安心立命」の境地と評したが、カントの安心立命とは、自分がすべきことをすべて成し遂げたという達成感と、自分の一生に対する倫理的な満足だったろうと思う。カントは、倫理を尊ぶ哲学者だった。そして自分の一生を、倫理的によしとしたのだ。

実をいえば、人の一生が幸福だったかどうかは、まさに最後の死の瞬間までわからないんだよ。だって、死ぬ前日に何か大変なことが起こって、自分の業績がすべて無に帰することだってあるし、最愛の家族を、急に失くさないとも限らないのだから。

だから、カントが死に臨んでそうした言葉を吐くことができたというのは、ひとつの幸福の典型といってもいいだろう。

カントは哲学者として生き、いわば自分の理想を実現して死んだ。彼は生涯独身だったこともあり、彼の幸福は、ひとえにカント自身にかかっていた（かなり個人的なものだった）といってもいいのかもしれない。

だが人間は本来、社会的な存在だ。そもそも父親と母親という、二人の人間なしには生まれないのだからね。家族をはじめとする他者との共存なしに、人生はありえない。人とどういう関係を結ぶかが、幸福の第二の条件だ。そしてここでも、倫理が重要な役割を果たす。人とどのように関係すべきかは、すべて倫理（良心）が教えているところだからだ。儒教でもキリスト教でも、教義の第一は「仁」であり「愛」であって、それが人と結びつく根本原理なのだ。

倫理項目は「仁」や「愛」ばかりではなく、いろいろなことに気をつけなければならず、時には人を愛することと正義とが対立したり、儒教でいえば親に対する「孝」が、主君に対する「忠」と矛盾するような場合もあって、悩みや迷いはつきない。だが常に倫理的に正しく生きることを心がけることによって、人は人とよりよい関係を築くことができ、ひいては幸せに近づくことができるといっていいだろう。あるいは、人間関係においてこそ、倫理はその重要性を増してくるともいえる。だって、「仁」も「愛」も、まさに他者とのかかわりを説くものなんだからね。

じゃあ、倫理的に生きていれば必ず幸せになれるのか？　その場合、「幸福」の定義が問題だ。お父さんが話してきた流れからすれば、自分の良心（＝倫理）に照らしてやましくないこと、それによって心が安らかであることが幸福だ。そして自分の良心（倫理）のうちで最も重要なのは他者とのかかわりなのだから、他者とのかかわりを中心とした良心の総体において満足できること、それが幸福だといっていいだろう。

これはきっと、世間で考えられている一般的な幸福観とは、違うね。一般的に世間では、幸福を外面的な条件から考える。お金があるとか、社会的な地位が高いとか、きれいな奥さんをもっているとか……。

お金があればみんな満足しているかというと、それはその人の欲望の大きさによる。年収一億円の人でも、もっと欲しいと思っていれば、満足できないだろう。「足ることを知る」ということなしには、経済的な満足はない。

社会的な地位が高くても、自分自身に満足していなければ、幸せではないだろう。そして、高い地位に上るためには、上位にある人に阿《おもね》ったり、人々の歓心を買ったりと、倫理に悖《もと》ることをしなければならない場合もあるのだ。

きれいな奥さんをもっていても、その奥さんと仲がよくなければ、幸せではない。夫婦互いに義務を果たし、思いやり、誠実でなければ、いい関係は築けないだろう。

だから、外面的な条件がいくら整っていても、幸せかどうかは、内面的な条件に左右される。幸せとは、つまるところ心の問題なんだからね。

では、倫理的に正しい人は、常に報われるのか？　残念ながら、ソクラテスも、キリストも、その他多くの偉人たちも、そして数知れぬ無名の正しい人々も、報われることなく死んでいった。彼らは、現世的には報われることはなかった。ソクラテスは裁判で有罪を宣告され、毒を飲まねばならなかったし、キリストも磔刑《たっけい》に処せられた。それは普通、最も不幸とされる死に方だよね。普通は、そうした死を免れるように人は行動する。

ソクラテスもキリストも、告発者たちの言うことを認め、考えを変えれば、死なずにすんだかもしれない。なぜそうしなかったのか？　彼らは、自分の信念を曲げることは、正しくないと思ったからだ。彼らは、不正を犯してまで生きたいとは思わなかった。不正を犯し、自らを蔑《さげす》みながら生きるよりも、自分が信ずる価値のために死ぬことを選んだのだ。

死によって彼らに与えられたのは、最後まで自分の信念を守ったことに対する、満足だろう。倫理的に正しい人の究極の報いは、そういう精神的なものだ。

倫理は、現世的な報いを保証するものではない。倫理が保証するのは、あくまでも精神的な報い、心の平安であり、そういう意味での幸福なのだ。

世の中で最も賛美されるのは、命を犠牲にして正しいことを行うことだね。命を犠牲にすること、それは現世的には最悪のことだ。人々が問題にするのは、そういう現世的な損得ではない。倫理なのだ。

お前たちも、注意して世の中をみるといい。世間には、愚かなこと、劣悪なことが、実に多い。特に自分のことに関しては、正しい判断ができない人が多いようにみえる。ところが、他人のことに関して人々が示す倫理的な判断というものは、驚くほど一致しているものだ。人々は能力的に劣るものを蔑むことはないが、倫理的な不正は、ただちに軽蔑される。人は、自分自身が思っている以上に、倫理に敏感なんだよ。

人生において最も重要なことを、お父さんは以上のように考える。だからといって、お父さんが倫理的に完全であるわけではないし、おそらく倫理的に完全な人間というのは、いない。

倫理というものは、もともとは良心という本能的なものだったにせよ、意識化し、思想として体系化されることによって、きわめて精神的なものになっている。しかし人間は、精神のみから成り立っているわけではない。人は赤ちゃんとして生まれたときは、肉体そのものであり、精神などという得体の知れないものが、生まれたときから備わっているわけではない。成長するに従い、肉体に相伴う何か不思議なものとして、精神が生じてくるのだ。

人間は精神あるいは心と肉体という、質や次元の異なる「もの」から成り立っていて、実に矛盾が深い。精神においていかに完全であろうとしても、心や体がついていかないような場合もあるのだ。

だから、完全を求める必要はないし、そもそも人間において、完全はありえない。人間にできることは、よりよい方向に向けて努力することだけであり、その方向性を維持するだけでいいのだ。それも、常に最大の努力を続ける必要もない。時には休んで一服しながら、くらいの気分でいかないと、長続きしないよね。

勉強について

それじゃあ、本題(?)に戻ろう。仁は、高校進学について、お母さんや先生たちと異なった意見を持っているという。学力的にはもっといい高校にいけるのに、自由な校風で知られる、伝統校に行きたいんだってね。

最終的には、それはどちらでもいいことだ。お父さんが話してきた倫理や幸福にとって、どこの学校を出たかっていうことは、ほとんど問題ではない。

ただ、それぞれの高校に行った場合に考えられる、仁が受けるであろう影響については、少し触れておこう。

A校は、地域で最も成績のいいこどもたちが集まる。当然勉強のレベルは高く、競争も激しいだろう。生徒たちは皆、「勉強しなければ」という意識が高く、仁も自然とそういう空気に支配されることになるだろう。

B校も優秀だが、A校には及ばないし、聞くところによれば、A校の緊張した校風を嫌い、より自由な雰囲気を求めるこどもたちが集まるという。当然、A校よりリラックスした雰囲気で、A校ほど勉強に追われることはないだろう。勉強ということだけに着眼すれば、そういうことになる。

問題は仁が、勉強ということをどう考えるかだ。学校に行くということは、勉強するということだ。でも、勉強って、そもそも何のためにするんだろう。

勉強することの目的は、知識や技術を得、考える力を養うことだ。知識や技術を得、考える力を養うことで、人は社会に適応することができるようになる。現代社会は、科学技術が発達し、行政や社会組織も複雑・高度化しており、その中で生き、働いていくためには、多くの知識や技術が求められる。特に、専門的な職業につく人々や、社会の指導的な立場に立つ人々には、すぐれた技術や、より一層物事を理解し、深く思考する力が必要だ。

今言ったことは、勉強の実利的な側面で、それはひいては、職業に結びついていく。商業高校とか工業高校は、高校の段階で自分の進むべき方向を決めて、早くから職業的な勉強をする場だ。大学も法学部、経済学部、工学部など、基本的には卒業後に従事する職業分野の勉強をすることになる。高校以降の学校を選択する場合、将来自分がどんな仕事をするのかを、考えて選ぶことが必要だ。

そして勉強には、もうひとつの側面がある。それは、教養を深め、自分自身を高め、人生をよりよく生きるという側面だ。

勉強は、広い視野をもつことを可能にする。お前たちは今九州に暮らしているが、それは地球上のほんの小さな一地域に過ぎない。そんな狭い九州でも、その中の地方地方で、人々の暮らしぶりは、微妙に異なっているだろう。九州でも、福岡と鹿児島では、随分趣が異なる。同じことは、西日本全体、日本全体、東アジア全域、世界全体にもあてはまる。世界は地理的に多様であり、場所によって様々な気候・風土、生活条件の下で人々は暮らしている。そしてそういう環境の違いは、人々の物事の感じ方や考え方にまで、影響を及ぼす。

勉強すること（地理的な勉強で一番いいのは、実際に旅することだ）によって、人は自分の生まれた場所以外の世界を知ることができる。そして自分の生まれた場所とそれ以外の地域を比較することによって、自分の生まれた場所を客観的に理解し、その長所と短所、個性を知り、時には自分の生まれた場所が自分に課する地理的制約を、超えることができる。たとえば、他の地域で行われているよいことを、自分の地域や生活に取り入れたりしてね。

人間に与えられる制約は、地理的制約ばかりではない。人間に与えられるもうひとつの制約は、歴史的・文化的な制約だ。お前たちは一九九八年、二〇〇〇年に生まれたが、現生人類は二五万年から四〇万年前に出現したといわれている。そしてそれ以来、人類も生活も文化も環境も、ずっと変わり続けてきたのであり、お前たちはそういう人類の歴史の、ある一時点に生まれたに過ぎない。

その時代、時代によって、人々に与えられる生活条件は、大きく異なる。お前たちの身の周りにある様々なものは、人類の長い歴史からみれば、実はつい最近になって使われるようになったものが多い。日本で近代上水道が最初につくられたのは一八八七年のことだが、一九五二年の段階でも普及率は二五パーセントに止まり、一九六〇年代から七〇年代に急速に整備が進み、普及率が九〇パーセントを超えるのは、ようやく一九八〇年になってのことだ。

下水道が本格的に整備されるのは一九六〇年代以降で、普及率が五〇パーセントを超えるのは、一九九四年になってから（世界には、下水道なんてない地域が圧倒的に多い。日本においてさえ、まだ下水道がないところもあるんだ）。

アメリカで自動車が普及し始めるのは一九二〇年代で、日本で多くの人々が車に乗るようになるのは、ようやく一九七〇年代になってからだ。

テレビの普及も、一九六〇年頃から。パソコンの普及にいたっては、一九九〇年代以降だね。そんなふうに、今お前たちが暮らしているような生活は、大体ここ五、六十年の間に形成されてきたといっていい。人類史二五万年のうちの、たった五、六十年。キリスト紀元以来でも、二千年のうちの、五、六十年だ。

有史以来長い間、水道も、電気も、車もテレビもなかった。人々は井戸から水を汲み、ろうそくやランプで灯りをとり、徒歩や牛馬で移動していた。それよりもっと前の時代には……。

つまりお前たちの生活は、けして当たり前の生活ではないということだ。自分が生まれた時代以外の時代を知ることで、かつてなくて今あるもの、かつてあって今は失われたものを、知ることができる。それは同時に、自分がいかに恵まれているか、自分に何が欠けているかを知ることでもあり、もしとても重要な何かが失われていることに気づいたなら、できればそれを回復するように、努めなければならない。

たとえば、ジェームズ・ワットが一八世紀に新方式の蒸気機関を開発する前の時代の人々は、利用できる力といったら牛馬の力くらいで（水車は水力を利用したものだね）、生活と労働のほとんどを、人力そのものに頼らねばならなかった。人々の生活は、今では想像もつかないほど過酷なものだった。日常生活で使う様々な道具そのものが、一九六〇年代にプラスチック製品が普及する以前は、ずっしりと重いものだったんだ（古い民具などを展示してある、民俗博物館なんかに行けばわかる）。包丁ひとつとっても、軽いステンレスとプラスチック製ではなく、重い鉄と木でできていたんだよ。

そういう環境下にあっては、当然強い筋力、しっかりとした骨格を持っていないと、生活できない。昔の人は、我々よりずっと頑健だったんだ。

それに、冬はどんなに寒くても、今のように十分暖房することはできず、薄くて軽い防寒衣料などなかったし、夏もどんなに暑くても、冷房など考えるべくもない。人々は様々な工夫をして暑さ寒さをしのいできたが、基本的にはそれらを、耐えるよりほか方法はなかった。昔の人は、我々よりずっと辛抱強かったんだ。

江戸時代の武士は、儒教という非常に厳しい倫理的規範の下に生きていた。主君への忠誠は絶対で、何らかの責任を問われた場合には、腹を切らねばならなかった。お父さんが知る限りでは、最も年少で切腹したのは、六歳の男の子だったそうだ。江戸時代の武士は、今よりずっと倫理的に厳しかったんだね。

そんなふうにみてくると、文明の進歩というものは、新しいものを獲得すると同時に、何かを失っていくものだということがわかる。失ったものの中には、とても大事なものもあるんだ。

そういうことは、歴史を勉強しないとわからない。歴史を勉強することによって、自分に与えられた制約を知り、可能な限りその制約を超えようと努力することが可能になる。

そういう歴史的な勉強は、倫理のところでも話したように、古典を読むことも含まれる。すぐれた昔の人々に学ぶことによって、人は時代に翻弄されてともすれば見失いがちな人間の基本に立ちかえることができる。古典を勉強することは、ヨーロッパにおいても、アジアにおいても、学問の基本中の基本とされてきたんだ。今でこそあまり顧みられないけれどもね。

お父さんはしばしば感じてきたが、現代は過去よりすべての面において優っていると考えるのは、間違いだ。思想において、歴史的な出発点といえるギリシア思想、孔孟思想を本当の意味で超える思想は、その後出ていないように思われるし、芸術においても、古典古代のものが最もすぐれている面がある（ギリシア彫刻！　天平彫刻！　殷《いん》の青銅器！　縄文土器！）。

勉強によって広い視野を獲得するとは、そういうことだ。人間は、地理的・歴史的・文化的な制約を背負って生まれる。しかし勉強によって他の地域、他の時代、他の文化の様子を知ることで、そうした制約を自覚し、自分自身をより客観的に見つめ、ある意味で、そうした制約から自由になることができるんだ。

勉強することの非実利的な面、教養的な側面は、そういうことだ。この教養的な側面は、学校での勉強にとどまらない。むしろ学校での勉強をもとに、学校の勉強の範囲を越えて、自分で切り開いていかなければならない。お父さんが学校を出てから続けてきた勉強は、そういう勉強だ。

勉強には以上の二つの面があるが、とりあえず考えねばならないのは、実利的な側面だ。まずは「生活」を考えねばならないのだから。勉強の教養的な側面に関連した「よりよく生きる」ことは、しっかりした生活基盤をつくった上で、次の段階として考えることだからね。

仁は将来、どんな職業に就《つ》くのだろう？　今からもう大体の方向が決まっていて、それが技術的な分野ならば、直接その仕事に結びつく高校に行くことも考えられる。まだ決まっていなければ、とりあえず普通高校に行き、そこを卒業した段階で就職するか、より勉強する意欲があって、より専門的な知識に基づく仕事をしたいならば、さらに専門学校や大学に進めばいい。

仁の得意なものは何だろう。誰でも人は、自分の得意なことを生かした仕事を考える。仁が勉強が得意だというなら、それは頭脳的な職業に向いているということであり、普通高校から大学にいって、より知識を深めるということになるだろう。

職業を考える上で重要なのは、その分野において、いかに人の役に立てるかだ。料理人であれば、いかにおいしい料理をつくって人に喜んでもらうか。鹿児島のおじさんのような陶芸家であれば、いかに美しく使いやすい器をつくるか。医師であれば、いかに正しい診断をして適切な治療をし、人を苦痛から解放するか。政治家や役所の仕事でいえば、いかに正しく社会を認識し、問題を把握し、その問題の解決に向けてより効果的な政策を考え出すか。

つまり、どういう職業分野においても、その分野において有能であることが、人の役に立つということであり、人の役に立つことによって、より高い評価と多くの報酬を得られることになる。

だから、職業を見据えて学校を選ぶならば、自分の得意な分野でより高い能力を養える学校はどれかということになる。自分を最大限伸ばすことは、職業的能力に限らず、とても大切なことなんだけどね。

仕事について

お父さんは今、仕事をする上では能力が大事だといった。そしてその能力を涵養するために、学校を選ぶべきだといった。では、学校で職業的な能力を養えば、十分なのか？　料理人は料理学校へ行って、おいしい料理をつくる技術を学ぶ。美容師は美容学校へ行って、お客さんに喜ばれる美容技術を修得する。法律家は司法研修所で、法律を使う術を勉強する。

もちろん、それぞれの分野でプロになるには、それぞれの分野の技術や専門知識が大前提になる。だが、料理人や美容師をとってみても、それぞれの技術以外に、お客さんと会話し信頼関係を築いたり、使用人を適切に監督したり、出入りの業者と上手に交渉したり、店の経営全体に心を配ったりと、職業的な専門能力以外に、実に様々な能力が必要だ。

つまり、どんな職業に就《つ》くのであれ、その分野のプロとしての能力以外に、様々な社会的能力が必要になる。だから、職業的な能力を磨く以外に、広く教養を深め、様々な体験を通じて、社会的な能力を総合的に高めなければならない。

そうした体験は、部活動でもいいし、生徒会活動でもいいし、何らかのボランティアでもいい。家でお母さんやおばあちゃんの手伝いをすることも重要だ。いずれにせよ、人々と適切に関係しながら、協働することを学ばなければならない。

そしてここでも重要なのが、倫理なのだ。人間関係を規律する根本は倫理であり、社会生活において最も重要なことである人に信頼されるかどうかは、能力と同時に、そして能力以上に、この倫理性にかかっている。人に対しても仕事に対しても、誠実であること。嘘をつかないこと。責任をもつこと。公正であること。相手を思いやること。要するに、すべてにおいて、良心的であること。人は倫理的であることによって、信頼に足る存在となるのだ。

そもそも職業や社会生活において、「人の役に立つ」という根本要請自体が、倫理に直結しているものだということを、肝に銘じなければならない。

職業を織物にたとえるならば、横糸が能力だとすれば、縦糸はこの倫理性だといっていい。能力がなくても倫理性があれば、社会は喜んでその人を受け入れるだろう。社会は能力のない人を憐れむことはあっても、拒絶することはあるまい。しかし能力はあっても、倫理性がなければ、その人は社会に蔑《さげす》まれ、ひいては捨てられることになるだろう。

長い間人間にとって、宗教や哲学が倫理の基礎であった。宗教や哲学が出現する以前は、おそらく過酷な自然条件そのものが、倫理を要請しただろう。厳しい自然環境の下で弱い人間が生き延びていくためには、協力し合い、助け合うことが必要不可欠だった。そこでは、ともに生き、協力し合うために、守らねばならぬ掟のようなものがあっただろう（働かざる者食うべからず！）。文明が発展し、思想が体系化されて宗教や哲学が起きると、そうした自然的な要請から離れて、人々は宗教や哲学から、倫理を学んだ。宗教が衰微し、哲学が忘れられた今日においては、人はもはや倫理を、「教えてもらう」ことができない。倫理の喪失、それが現代の混迷と頽廃の大きな要因だ。現代において倫理は、受動的に与えられるものではない。人は独力で、自分の経験と誠実な反省によって、自ら倫理をつかみとるしかない。

強さについて

そして、そうした様々な能力やそうした能力を使う方向性を規整する倫理（精力善用！）とともに重要なのが、「強さ」だ。人生は長く、その間仕事の上でも家庭生活の上でも、様々なことがあるだろう。いいこと、楽なことは少なく、悪いこと、大変なことが多い（「いいこと」は実は多いのだが、それらのほとんどは、「当たり前のこと」として人々の意識に上らない。たとえば、災害がないのはいいことなのだが、それがいいことだったと気づくのは、災害が実際に起こった後だ）。

仕事や人生において、極めて難しい局面に出会うことがある。局面の打開のために大きなエネルギーを必要とするときや、問題を解決する方法がなかなか見つからないとき、全力を尽くさなければ目標を達成することができそうにないとき、あるいは、非常に強いストレスに長期間さらされるときもあるだろう。

それらを克服していくためには、強い精神力が必要だ。どんな困難にも負けない強靭な精神力。そうした精神力を養うために、どうするか。

一般的に考えられるのは、まず、強い体をつくることだ。心は、体と別にあるのではなく、体とともにある。心に大きな負担がかかるとき、それは同時に、体全体にも大きな負荷がかかるのだ。ひ弱な体しか持っていない人は、大きな心の負担に、耐えることができない。

だから、強い体をもつこと。お父さんは大学の頃ひどく悩んだが、苦しいときには、横になってしまったものだ。打ちひしがれて、倒れてしまうように。心の重荷に、体が耐えられなかったのだ。それによって、体はますます弱くなり、心にかかる重圧は、ますます大きくなっていった。これではいけない。あるときお父さんは気づいて、運動を始めた。ジョギングをし、泳ぎ、ストレッチをし、筋トレをする。その習慣は今日まで三十年以上続き、気づくとお父さんには、強い体が備わっていた。

その体に、どれほど助けられたかわからない。お母さんとの、先の見えない泥沼のような離婚争い。強いストレスがかかる、浮浪者や暴力団、精神障害者相手の生活保護のケースワーカーの仕事。四半世紀に一度といわれた大きな医療制度改革の複雑で膨大な事務を、担当係長として一人で担わなければならなかったとき。

お父さんの人生で危機ともいえるそうしたときを乗り越えてくることができたのは、そうした重圧がかかった心を支える、強い体があったからだと思っている。強い心を持つためには、強い体が必要なのだ。

お前たちはまだ若く、成長の途上にある。お前たちはお母さんに食事を作ってもらい、学校の給食を食べ、体育の授業や部活動で、規則正しく運動している。お前たちの身体環境は管理されており、そうした環境にいる限り、お前たちの体は、順調に成長していくだろう。

だが、お前たちが家庭や学校を離れたとき、お前たちを管理するのは、お前たち自身なのだ。お前たちは好きなものを好きなときに食べ（あるいは食べず）、好きな暮らしができる（あるいは仕事などの環境によっては、特定の生活を強いられる）ようになるだろう。そうしたときに初めて、健康や体力といったものが、何の配慮をしなくても維持できるわけではないということに、気づくだろう。

体は、適切な食生活と適度な運動、そして一定の休養なしでは維持することができず、場合によっては、維持するどころかかえって衰えていってしまうということに、注意しなければならない。

そして、四十代も半ばを過ぎた頃から、老いがやってくる。老眼が始まり、頭髪は薄くなり、歯周病も進行しはじめるだろう。そのあたりから、「下り坂」に入るのだ。

下り坂に入ったとき、その人の標高を決めるのは、それまでの到達点の高さと、降りるスピードだ。下り坂に入るまでに、できるだけ高く上っておかなければならない。下り坂に入ったら、できるだけゆっくりと降りなければならない（山に登ってみればわかることだが、ゆっくり降りるためには、速く降りるよりもある面では体力を要する）。

つまり、常に努力を怠らないことだ。常に体力の涵養に心がけ、自分がもちうる最も強い体を維持することだ。そうすれば、気力はそれについてくるだろう。

強く安定した心をもつためにもうひとつ大事なことは、広い視野と深い思想をもち、ものごとを正しく認識するということだ。

友達と長くつきあってきて気づいたことだが、若い頃にあまり悩まず、自分自身ときちんと向き合ってこなかった人ほど、大人になってから困難に遭遇したときに、それに耐える力に乏しい。自分というもの（それは「世界」そのものだ。なぜなら、人は「自分」の中で、「自分」を通してしか人生を生きられないのだから）の掘り下げが十分でなく、人生を支える精神的な基盤が、弱いからだと思う。

人間は、皆何らかの問題、矛盾を背負って生まれる。それは大きなレベルでは歴史的、文化的なものであり、社会的なものであり、家庭史や家族関係に由来するものもあり、あるいは純粋に個人的なものでもあるだろう。

例を挙げれば、たとえばお父さんが生まれたのは一九五八年で、太平洋戦争後の、日本の復興期にあたる。それは、貧困から豊かさへ移行する初期の時代であり、文化的には、敗戦によって日本の伝統的な価値観が破壊され、欧米の価値観やスタイルが喧伝された時代だ。それは日本人固有の文化が自己否定され、日本人の根底にある心性と、人々が意識する表面の思想とが、ねじれを起こした時代だ（それは現代まで続いている）。

お父さんは、そういう歴史的・文化的な問題を背負って生まれたということができる。

同時に、そうした背景の下で、異なる時代環境の下で育ったお父さんのお父さん、お前たちのおじいちゃんとお父さんとの、考え方やものの感じ方の違いという問題が生じる。

また、おじいちゃんとお父さんのお母さん、お前たちのおばあちゃんとの間にも、それぞれが抱えてきた社会的・家庭史的な問題があった（二人とも没落した地主の家系で、特におばあちゃんは、そのことに強いコンプレックスを感じていた）。

そういう歴史的、社会的、文化的、家庭的な矛盾の上に、その人に固有の個人的な問題（身体的な劣等感とか）が重なり合い、絡まりあう中で、人は生き、成長しなければならない。それらの矛盾や問題は、心の不安定、満たされない心、不安としてあらわれる。それらから眼をそむけて生きることはできる。だが、眼をそむけても、それらの矛盾はなくなるわけではない。心の不安を抱えながら生きることは、でこぼこの地面の上に、不安定に立つようなものだ。体は安定せず、ちょっとしたことでも転びやすい。

だから、自分自身の問題から眼をそむけず、正面から向き合うことだ。自分の悩み、不安の根源を突き止めること。根源を突き止め、理解すれば、それだけで問題をある程度克服することができる。ただ、問題を理解したとしても、問題そのものは、解決できないことが多い。歴史も社会も家庭でさえも、既に存在してしまったもの、他者がかかわる世界を変えることは、むずかしいのだから。できることは、少なくとも理解することだ。

人はそうやって自分自身を安定させた上で、初めて他者と、社会と正しく向き合うことができる。社会において生きてゆくためには、そのようにして自分自身を確立していることが必要だ。

それはいわば、競技に参加するようなものだ。故障を抱えたまま競技に参加しても、勝負にならないよね。土俵に上がって相手と技と力を競うためには、自分自身の本当の力を発揮するためには、自分が心技体ともに健やかでなければならない。

だがそのように自分を確立することは、容易ではない。自分の悩みを直視し、苦しまなければならない。考えなければならない。考え、理解するためには、今までにも言ってきたような、教養的な意味での勉強が役に立つだろう。何の道具もなく考えても、解決の糸口はなかなかみつからないからだ。

そしてそのように悩むことは、青春時代にこそ可能なのだ。悩むことにも、エネルギーが要る。本当に悩むだけのエネルギーがあるのは、青春時代だけなのだ。

ゲーテは、『若きウェルテルの悩み』によって、世に出た。あの小説は、若いゲーテの、恋の悩みから生まれた。失恋によって、ゲーテは死の淵まで近づいた。その悩みを、小説に書くことで客観化し、いわば理解することで、ゲーテはその悩みを克服したのだ。

「わたしは生きた。愛した。ひどく悩んだ。それがあの小説なのだ」とゲーテは言い、「あの小説が自分のために書かれたと思う時代がなかったならば、その人は不幸だ」とも語っている(エッカーマン『ゲーテとの対話』)。あの物語は、青春の燃焼そのものであり、同じように青春を燃やした人間でなければ、共感することができない。そしてそのような青春を経験したことのない人は不幸だと、ゲーテは言っているのだ。

そしてそのような悩みがあり、それを克服したからこそ、その後の強く確固たるゲーテがあったのだ。

ゲーテは恋の悩みを描いたが、お父さんが問題にしているのは、人生の悩みだ。それは恋の悩みより、はるかに大きく、深い。多くの人は、それを十分に解決することなく、徒《いたず》らに年をとってゆく。

人々がそれを解決することができないのは、ひとつには、解決するための道具である教養が十分ではないからだろう。しかしそれより大きいのは、眼をそらしてしまうということだ。悩みに直面し続けることは、辛い。そのためには、青年の純粋さが必要だ。青年の純粋さは、生物《なまもの》のように傷《いた》みやすく、二十歳前後から、急速に失われていってしまう。純粋さが失われる前に、悩むべきときを十分に悩まなければならない。

自分の問題を理解することは、自分自身を理解することだ（「汝自身を知れ！」という言葉が、アテネのパルテノン神殿には刻まれていたという）。それによって人は、自分自身を受け入れ、迷いがなくなる。それが自分自身を確立するということだ。人生を生きてゆく上で、この迷いがないということが、きわめて重要だ。そして自分自身の悩みを苦しみながら悩み切った辛い経験が、いざというときに大きな自信にもなる。

そしてその過程で、自分にとって何が大事で、何が大事ではないかということも、明らかになってくるだろう。そうした自分自身の優先順位、守るべき価値を固めておくことが、迷いを少なくし、人生において無駄な動きを少なくすることにもなる。

そしてこの、守るべき価値を限定しておくということが、強い心をもつためには重要なのだ。人は、守りたいものが多ければ多いほど、守勢に回り、弱くなる。そして守るべきものは、自分の「利益」ではなく、自分自身から離れた客観的な価値（たとえば「正義」とか）であるべきだ。そうすれば人は、自分自身を守ることに汲々とすることなく、強く、潔く、時には己を捨てて生きることができるようになる。己を捨てることができるということ、それも強さの秘密のひとつだ。

自分の問題から眼をそらさず、問題を正しく克服することは、ものごとをありのままに正しく認識するということにもつながる。自分の問題から眼をそらす人は、人生においてあるものごとから眼をそらし続けるという、認識の歪みから逃れることができない。

お前たちもいずれ経験するだろうが、人間として同じ眼と精神を持っていても、世界の見え方は、人によって異なる。眼に視力があるように、精神（心の眼）にも見え方の差があるのだ。中には、驚くほど精神の眼が悪い人がいる。同じ状況のもとで、同じ経験をしながら、そこで起こっている事象を、まったくみることができない人がいる。そういう人はおそらく、精神に何らかのバイアスがかかっているのだ。

精神のバイアスは、まさしく自分自身の問題から眼をそらすことから生じるのだと、お父さんは思う。そういう人は、この世界に生きていながら、この世界を経験することができない。経験することができないから、成長することもできず、世界を正しく認識することができないから、他者と正しく向き合うこともできない。

自分自身を確立し、世界を正しく認識すれば、むやみに迷ったり恐れたりすることなく、必要なことを正しく行うことができる。それが強さの、精神的な基礎となるだろう。

人生の長さについて

以上で、お父さんが重要と考える基本的なことは、だいたい伝えられたと思う。これらはお父さんがお父さんの環境と経験を通じて考えてきたことで、お前たちは同じ環境の下で、同じ経験をするわけではない。お前たちはお前たち自身の思想・人生観をつくりあげていかなければならないだろう。だからお父さんの言うとおりにしたり、お父さんと同じように考える必要はない。お父さんの話を参考にして、お前たち自身の考えをつくりあげていってくれればいい。

後は、もう少しだけいくつかのことを話しておこう。まず、人生の長さについて。

今これを書いているとき、仁は十五で、義は十三だ。十五だ十三だといっても、意識（＝記憶）が明確で継続的になってくるのは、小学校の高学年くらいからだから、確かな意識を伴った人生というのは、実際には三年から五年くらいのものといってもいいのかもしれない。だからお前たちには、まだ人生の長さに対する感度そのものがないだろう。

そういうお父さんだって、人生の長さというものを意識するようになったのは、ごく最近のことだ。そう、五十を過ぎてからくらいかな。

人は、そのくらい生きてみて、初めて人生の長さというものに気づく。それまでは、ただ眼の前のことに夢中で、毎日に必死で、過去の時間を振りかえる余裕など、あまりない。

だが実際には、人生は長い（さらに年をとっていくと、逆に人生は短く感じられてくる。おそらく、長く生きるうちに記憶の細部が消滅して、人生の幹のような部分しか覚えていなくなるからだろう）。その長さを感じるには、時代そのものの変化と、自分自身の幾多の経験（たとえば結婚して、こどもができ、そのこどもが就職したりとかね）を経ることが必要なんだろうけれども。

五十四年生きてきて、お父さんがよかったと思うことは、いくつかのことを、ずっと続けてきたことだ。続ける限り、長く生きれば生きるほど、その経験は累積し、高度化し、同時に深化してゆく。そうすれば、長く生きることは、ただ単に老化し衰えてゆくことではなくなる。すなわち、単なる消費的・停滞的な人生ではなく、累積的・発展的な人生になるということだ。

たとえば、こうしてお前たちに今まで考えてきたことを話すこと。お父さんは、ちょうど仁くらいの歳の頃から、考えるということが好きになった。いろいろなことを、人より深く掘り下げて考えることが、好きだった。そして、そのように考えるためにも、いろいろなことを勉強することが必要だった。そして勉強し考えたことを、最初は日記に書いていたが、社会人になってからは、いくつかの同人誌に属して、随筆や評論などに書くようになった。

だからお父さんにとって、考えることと勉強すること、そして書くことは、密接不可分のものとして、ずっと続けてきたことだ。そう、四十年くらい。

だからこそ今お父さんは、これを書くことができる。お前たちに、お父さんが考え、深め続けてきた蓄積を伝えることができる。

そしてこの考え、勉強し続けることは、お父さんの生きがいそのものでもあった。お父さんにとって生きることとは、いわば探検するようなものだ。人生はお父さんに無尽蔵の考える材料を与えてくれ、お父さんは未知の小径や森で、様々なことを発見し、考える。それはお父さんが死ぬまで続き、お父さんの興味は、尽きることがないだろう。考えるということを一生のテーマとした結果、お父さんはそうした喜びを手に入れることができた。

また、こうしたお父さんの「趣味」（カッコ書きにしたのは、趣味以上のものだと思うから）は、お父さんの仕事にも、大きな影響をもたらした。いうまでもなく「考える力」は、仕事でも非常に重要なものだ。決められたとおりに、あるいは人に言われるままに行うだけではどうしようもない難局を、お父さんはいくつか潜り抜けてきたが、それらの経験は、この「考える力」抜きに、語ることができない。

それに、勉強を習慣化してきたことによって、法律や行政文書を読み解くのに、どれほど役立ったかわからない。勉強というものは、忍耐力を要する。難しい文書を解読するには、この忍耐力が、必要不可欠だ。勉強しない人は、難解な文書に出会うと、粘り強く向き合うことができない。

そして、文章力。お前たちもいずれ気がつくことがあろうが、文章というものは、思いのほか書ける人が少ないものだ。しかし、事柄が複雑になり、高度になればなるほど、それを人に伝えるためには、高い文章力が必要になる。また、整った文章が書けるということは、筋の通った話ができるということでもある。人は、文章や対話を通して説得され、行動する。文章力やきちんと話す力があるということは、それだけ説得力が高く、自分の意思を正確かつ効果的に他者に伝えられることにもなるのだ。

そうした能力を、お父さんは何十年もかけて培ってきた。本来、仕事や実人生に役立てることを目的としたものではなかったが、何の得にもならないようなことでも、長く誠実に続けることによって、意外なことに役立つ大きな糧となるものだ。

お父さんがもうひとつ続けてきたことは、運動だ。前にも話したように、お父さんはジョギングや水泳、筋トレを、三十年以上続けてきた。おかげで、今でも総合的な体力は、こうした持続的な運動を始める前の二十歳のときよりも、高いといってもいいだろう。

もちろん、瞬発力や体の柔軟性は、年齢とともに徐々に失われる。しかし筋力そのものや持久力は、トレーニングを積み重ねることによって、維持・増大することができる。食事も満足に取らず、睡眠も不規則だった大学の頃、すっかり衰弱した中でお父さんは運動を始めたが、最初は十五メートル泳いでも息が切れたのが、今は一五〇〇メートル泳いでも平気だ。走っても三、四キロだったのが、今は十キロは走る。三キロから始めたダンベルも、今は十キロを使う。

そうした運動量の増大は、長い年月の間に徐々に行われたので、体はまったく無理なくそれに耐えることができた。

強い体を持つということは、いわば排気量の大きい車に乗るようなものだ。三〇〇〇ccの車は、高速を走っても坂道を登っても、一〇〇〇ccの車よりはるかに余力がある。そしてそうした肉体的な余裕が、心のゆとりにもつながることは、いうまでもない。

そうした体力が、実際の仕事や生活の上でどんなに役立ったかは、前にも話したとおりだ。体力は物理的な強さであると同時に、精神的な強さでもあり、そうした物心両面の力は、人生そのものに大きな影響を与える。

そして何よりも、習慣化された運動というものは、常に自分を清新に保つことにつながる。この、常に更新される心身というものは、生活と仕事に、大きな活力をもたらす。

まあ、お父さんが続けてきたことは、大きくはこの二つだが、続けるということの面白味は、それが思いもよらぬレベル的な転換をもたらすということだろう。

仁も義も、今はぼんやりと自分の将来を思い描いていることだろう。たとえば、いずれはこんなことができればいいなあとか、あんなふうになれればいいなあ、とかね。でもそうした夢は、結局はそのときの自分の身の丈と視野に制約される。自分がまったく知らないものを、想像することなどできないのだから。

たとえば山に登るとき、目の前に大きな峰が聳《そび》えているとしよう。登山者は、その頂上に立つことを夢見る。そして、一歩一歩登ってゆく。何時間もかけて、その頂上に近づく。しかし頂上が近づくにつれ、それは唯一のピークではなく、その背後にもっと高い山があることに気づく（下から見ると、低い山に隠れて高い山が見えないことがあるんだ）。最初の目標にたどり着いたとき、彼はその彼方にあるより高い頂《いただき》を見つけ、そこをも極めたいと思うだろう。一休みした後、彼はもう一度立ち上がり、一歩一歩坂を上り、頂上に近づくと、その向こうにさらに高い峰を認め……。そのようにして彼は、最初の目標を超え、どんどん高みに上ってゆくだろう。最初見えていた山は一〇〇〇メートルだったのに、二〇〇〇メートルの山を過ぎ、三〇〇〇メートルに達してゆく。

それと同じように、今お前たちが思い描く理想というものは、結局はお前たちの視野に応じた理想に過ぎない。だがひとつのことを続けていれば、きっと登山と同じようなことが起きる。ひとつの理想に達したとき、その向こう側にもっと大きな理想が見えてくるのだ。そして、ただ一歩一歩歩んでいるうちに、お前たちは、かつての自分が思いもよらない地点にたどり着いていることを、見出すだろう。そういう意味で自分の夢、理想を超えること、それがお父さんのいう「レベル的転換」だ。

気をつけなければいけないのは、それはある程度限定した事柄を、長く続けることによってのみ実現されるということだ。そしてその事柄に、ずっと専心し続ける必要がある。

人生は長いが、いくつものことを十分に達成できるほどには、長くない。気が散って、あれをやったり、これをやったりして、ひとつのことが長続きしないようであっては、こうした思いもよらぬ質的な変化に出会うことは、難しい。

それと、こうした過程は、「一歩一歩」進むことしかできないということも、覚えておかなければならない。「千里の道も、一歩から」で、最初から遠くの目標に向けて歩く必要はない。朝起きて、今日はここまで歩こうと決め、それを果たし、次の日もまたそれを繰りかえし、といったことを、毎日毎日続けることだ。注意すべきはその日一日で、一日一日を大事にすること。目標が達成される一日なしに、千日の目標は達成されない。

その意味では、人生を年で数えたり、一年を月で数えたり、しないほうがいい。たとえば、義が満十四歳を迎えたとき、お前は一六八ヶ月生きたということだ。閏年を勘案しなければ、五一一〇日。時間にすれば、一二万二六四〇時間。お父さんが五十五歳を迎えたときは、六六〇ヶ月、二万七五五日、四八万一八〇〇時間。

こんなふうに考えれば、人生とはつまるところ、その日一日、瞬間瞬間の積み重ねに過ぎないことに気づく。一日一日、そのときそのときを、大事にすること。

お父さんのお父さん、お前たちのおじいちゃんが、お父さんによく言い聞かせてくれた言葉に、「少年老いやすく、学成り難し。一寸の光陰、軽んずべからず」という言葉がある。「学」

とは、ここでは単なる学問を超えた、「修養を通じての人格の完成」を指し、「光陰」とは、時間のこと。中国の思想家、朱熹《しゅき》の「偶成《ぐうせい》」という詩からとったものだといわれているが、この言葉の意味は、まさにこのことだ。

そうはいっても、そんなふうに常に意識することは、容易ではない。ぼんやりしていれば、時はなんとなく過ぎていき、気がつけばこれといったこともしないまま、数年間が過ぎてしまうといったことは、よくあることだ。そこでお父さんが奨めたいのは、大学ノートの一ページの左隅に、一から三〇（ないし三一）まで番号（日付）を振り、横罫を引き、その横罫のうち土日は赤線とする。そして、大体一週間ごとに、色々な予定を勘案して、自分がやることの計画を記入し、後は毎晩その日の予定ができたかどうかチェックするという方法だ。

お父さんは就職してからずっとこの習慣を続けてきた。「活動記録」と呼んでいるが、この記録をつけることによって、常にその日その日と向き合うことができる。そして一ヶ月単位で、その月自分がどこまで思いどおりに過ごすことができたかを、振りかえるんだ。たとえば、月に二十日勉強することを目標にしていたら、それができたとか、できなかったとかね。

まあ、お父さんの場合は大学を卒業するときに、「一生勉強する」ことを固く心に誓った（なぜなら、お父さんは当時学者になりたかったが、家に戻らなければならないということの中で、それを断念したから）ので、「勉強をする」という絶対的な目標があったが、そういう目標がなければ、こういうことをする理由もないけれども。

いずれにしても、人生を漫然と過ごしてはいけない。何らかの目標を持つこと。その目標のために、やるべきことを決めること。そして、それを続けること。

このように生きれば、人生の長さというものを、「利用」することができる。長く生きただけ、より多くのものを得ることができる。そのためには、一日一日を無駄にしないこと、それに尽きるといっていい。

岐路について

よく、「人生の岐路」ということがいわれるが、この言葉にはどこか感傷的な響きがあって、お父さんはあまり好きではない。そもそも、人間は日々、瞬間瞬間に態度・行動の選択を迫られているのであって（その積み重ねが、最終的に「人生」となる）、日々、瞬間瞬間は、常に「岐路」なのだ。そこには、人間は常に自己の決定を迫られているという緊張に満ちた冷厳《れいげん》な事実があるのであって、そこに甘い感傷が入りこむ余地など、微塵《みじん》もない。

だがそうはいっても、やはり人生を振りかえってみると、岐路というべきときは、あっただろうと思う。岐路にも、大きな岐路と小さな岐路があって、ここでいうのは、大きな岐路だ。

お父さんにとって最大の岐路は、大学のときに迫られた、郷里に帰るかどうかという判断だったと思う。その間の事情については、「エヴァモア」という、お父さんの青春時代のことを書いた小説や、「静かな夏」という、お前たちのおじいちゃんが亡くなったときのことをテーマにした小説に書いたが、それはつまるところ、究極の倫理的な決断だった。それによってお父さんのその後の人生には、「倫理」という深い刻印が押されることになったのだ。

倫理的に生きるということは、利害や損得ではなく、己の良心に従って、「すべき」行動を選択するということだ。もちろん、現実に生活していく上では、利害や損得をまったく考えないということは、ありえないだろう。人間には、自分を守る本能があるのだから。ただ、現実の総合的な判断の中に、倫理ということを、少なからぬウエイトを持って意識するという程度にとどまるのだが。

そのときの選択がよかったのかどうかは、はっきりいって定かではない。だが今のお父さんがあるのは、紛《まぎ》れもなくあのときのあの決断があったからであり、そのことについて、今お父さんに、悔いはない。

今までにくどいほど倫理ということを繰りかえしてきたが、確かに倫理は、お父さんにとって最も大事なものだ。そういうお父さんの人生の岐路において、大きな倫理的決断がなされたということは、当然のことのように思うかもしれない。だが実は、そうではない。倫理は、その決断をするときまでお父さんの人生を伏流水のように流れていたが、その決定をしたことによって、お父さんははじめて倫理を人生の最上位に位置づけ、そのとき以来倫理というものを、明確に意識するようになったのだ。

だから、あれは大きな岐路だった。実を言えば、あの頃のお父さんは、一九八〇年前後の日本を覆う浮薄《ふはく》な空気の中で、倫理からは遠ざかりつつあったのだ。日本が史上最高の繁栄を迎える直前、国全体が、増大し続ける富に浮かれ、まじめにものを考えること自体が、軽んじられつつあった。戦後の日本を支えたといわれる「重厚長大」な価値観に、「軽佻浮薄《けいちょうふはく》」な価値観が、とって代わろうとしていた。お父さんも、知らず知らずのうちに周囲に流され、自分自身を「道徳的頽廃の能力主義者」と規定するまでになっていた（そう規定すること自体に、ひとつの問題意識が隠されていたわけだが）。そのままであれば、お父さんは多くの友達と同様に、あまりものを考えることもなく故郷を捨て、華やかな都会に就職していたに違いない。

そんなお父さんの方向を変えさせたのは、ひとつの恋愛だった。もちろん、それだけではない。大学の頃のお父さんは向学心に燃えていたし、勉強していれば、おのずから時代を超える視野というものはひらけてくる。だが、勉強だけで人生の根本を変えることは、難しいだろう。生き方そのものを変えるには、非常に大きなエネルギーを要するのだ。

若い頃の恋愛は、それだけのエネルギーを喚起しうるもののひとつなのだろう。お父さんが付き合っていた人は、大学の同級生だった。厳格な家庭に育ち、質素でまじめな女性だった。お父さんは彼女の中にお父さんにはないものを見出し、そうした彼女を、若い情熱のすべてをかけて愛した。

だが、彼女がお父さんとは非常に異なる性格であったということ、それが問題だった。僕たちは、互いにまじめで誠実でありながら、理解しあうことの、あまりに少ないカップルだったといっていい。男女の愛というものは、肉体的・精神的な合一を希求するものだが、僕たちの合一は、ごく束の間でさえ困難だった。相手が考えていること、感じていることがわからない。そこに戸惑いが生じ、迷いが生まれ、それは耐えがたい苦しみになってゆく。

ちゃらんぽらんな、快楽だけを求める二人なら、さっさと別れていただろう。ところがお父さんたちは、無理なことを無理と認められないほどに、まじめだった。苦しみながらも、互いを理解しようと努め、裏切られ、傷つき疲弊しながらも、さらに努力を重ね……。

そういう中で相手を見つめ、自分自身を見つめるうちに、自分自身の解体とでもいうべきことが起こってきた。それまで何気なく行ってきたこと、あたりまえのように感じ考えてきたことが、徐々にそうではなくなってくる。自分自身の表層にあるものは、薄っぺらなもの、脆弱なもの、根の浅いものとして次々に剝ぎ取られ、お父さんの心の最深部にあるもの、幼児的なもの、純粋なもの、お父さんそのものとして動かしがたいものが、徐々に露《あら》わになってくる。

そこで見つけたのが、倫理だったといっていい。小学生の頃までお父さんの中心にあった良心を求める心は、その後の経験（勉強や運動で自分は人より秀でているという優越感！）や社会状況（人間的な価値よりも、社会的・経済的な成功を優先する社会！）の中で、徐々にお父さんの奥深くに埋もれ、かわって自惚《うぬぼ》れや虚栄心が、お父さんの心を覆《おお》っていたのだ。そうしたお父さんの外殻《がいかく》が、恋愛の苦悩の中で破壊され、お父さんにとって最も重要な良心だけが、残ったのだ。

その状態の中で、お父さんは郷里に帰ることを決断した。いや、そうした状態だったからこそ、郷里に帰るという決断を、することができた。

そのようにしてお父さんは、自分の欲望や虚栄を捨て、おじいちゃんやおばあちゃんと暮らすという人生を選んだ。それは小さな地方都市の役所の職員という地味な人生であり、富も栄光もない人生だったが、その後三十年、社会を見、同時代を生きた友人たちのその後の人生を目《ま》の当《あ》たりにする中で、これでよかったと思っている。

お父さんの周りにも、一流大学にいき、一流企業に入り、あるいはまた別の栄光に満ちた（と、一見思われる）道をたどった友人はいる。だが多くの場合、成功したように見えるのは束の間であり、最終的にはほとんど皆挫折を味わい、人間的な苦しみといった点では、変わりがない。

むしろお父さんは、おじいちゃん、おばあちゃんの元に帰ったという一点によって、絶対的に救われていると思う。自分が一番大切にすべきもの、自分の最奥の良心を、守ったのだから。

おじいちゃん、おばあちゃんについて

ここで、お前たちの諏訪のおじいちゃん、おばあちゃんについて、書いておこう。お前たちは、熊本のおじいちゃん、おばあちゃんについては、よく知っている。しかし、諏訪のおじいちゃん、おばあちゃんについては、何も知らない。でも、自分の親や祖父母がどんな人間であ

ったかを知ることは、とても大事なことだ。それは人生の中で、時に自分自身を支えてくれる知識となる。

諏訪のおじいちゃんについては、前にも触れた「静かな夏」という小説の中に書いたので、それを読めば大体のことはわかるだろう。あそこに書いたように、おじいちゃんは非常に謹厳《きんげん》な人格者だった。お酒が好きで、酔うとふにゃふにゃになっちゃったけどね（それはお父さんも同じだ）。とても精力的で、仕事や道徳普及運動などに人一倍打ち込み、家族にも世間の人々にも、厚く信頼されていた（おばあちゃんなどは、「やりすぎ」とこぼしていたけれども）。非常に優秀な看板職人で、多方面に有能だったが、それをひけらかすようなことは、まったくなかった。生家が貧しかったので上級学校には進めなかったが、環境に恵まれていれば、立派な学歴を残していただろう。絵や書に秀でていたが、一番なりたかったのは、建築家だったという。

おばあちゃんは、非常に好奇心が旺盛で明るく、何よりも気丈な人だった。若い頃はなかなかの美人で、おじいちゃんの芸術的センスに惚《ほ》れこんで結婚したらしい。幼い頃から本が好きだったが、おじいちゃん同様生家が貧しかったために、進学はできなかった。しかし知識欲は一生衰えることなく、八十歳を過ぎるまで読書会に属して、勉強していた。お父さんが離婚してしまったので、長くお父さんの身の回りの世話をしてくれて、八十七歳になった今でも、毎日お父さんの弁当を作ってくれている。八十七歳の今、さすがに足腰は衰えてきたが、頭ははっきりしていて話し振りも歯切れよく、どこか清新な若々しさを保っている。

要するに、お前たちのおじいちゃん、おばあちゃんは、二人とも立派な人だった。まじめで責任感にあふれ、死ぬまで努力を続けた。お前たちにも、その血が流れている。お前たちは、この二人の祖父母に、誇りをもっていい。

人生の目的について

最後に、人生の目的について、お父さんが考えるところを書いておこう。

人生に、目的などない。そもそも生まれること自体が、自分の意思を越えたことであり、人間が「もの」をつくるときのように、何らかの目的をもって生まれたわけではないのだ。ただ、人間に生きるための本能が与えられ、すべての人の行動がそれに従っている以上、「生きること」自体が目的だということは、いえなくもない。

生まれること、それは存在を与えられることだ。人間は、生ある限り存在する。この宇宙に。魂の不滅論からすれば、死んでも存在するのかもしれない。それはよくわからない。だが、とりあえず今存在していることだけは、確かだ（我思う、ゆえに我在り！）。

その上で、どのように存在するかを選択するのは、個々人に任されている。それは自由なのだ。

お父さんが選択したのは、存在した以上、よりよく存在するということだ。自分に与えられた資質を最大限伸ばし、内心（内なる神！）の命ずるところに従って、能《あた》う限り最善の者になること。それだけだ。

お前たちは、お父さんとお母さんの子として生まれた。お前たちは、お父さんとお母さんを選んだわけではない。しかしある宿命として、そういう関係のうちに生まれたということができる。順調にいけば、お前たちはお父さんやお母さんが死んだ後も生きてゆくことになるだろう。お前たちにどんな将来が待ち受けているか、それは誰にもわからない。だが、親として願うことは、ただひとつだ。

お前たちの未来に、幸あれ。

〈著者紹介〉
松永　譲（まつなが　ゆずる）

1958年長野県諏訪市生まれ。
1983年茨城大学卒。同年諏訪市役所入庁。
2019年同市役所退職。
1999年『天平の精神Ⅰ』にて長野文学賞評論部門賞。

静かな夏

2023年2月1日初版第1刷発行
著　者　松永譲
発行者　百瀬精一
発行所　鳥影社 (choeisha.com)
〒160-0023 東京都新宿区西新宿3-5-12トーカン新宿7F
電話 03-5948-6470, FAX 0120-586-771
〒392-0012 長野県諏訪市四賀229-1（本社・編集室）
電話 0266-53-2903, FAX 0266-58-6771
印刷・製本　モリモト印刷

ISBN978-4-86265-996-5　C0093